KB070400

영의 자리

영의 자리

초판 1쇄 인쇄 2022년 3월 30일
초판 1쇄 발행 2022년 4월 13일

지은이 고민실
펴낸이 이상훈
편집인 김수영
본부장 정진항
문학팀 김다인 최해경 하상민
마케팅 김한성 조재성 박신영 조은별 김효진 임은비
사업지원 정혜진 엄세영

펴낸곳 (주)한겨레엔 www.hanibook.co.kr
주소 서울시 마포구 창전로 70(신수동) 화수목빌딩 5층
전화 02-6383-1602~3
팩스 02-6383-1610
대표메일 munhak@hanien.co.kr

ISBN 979-11-6040-789-1 03810
• 값은 뒤표지에 있습니다.
• 파본은 구입하신 서점에서 바꾸어 드립니다.

• 이 도서는 2020년도 아르코문학창작기금 지원사업에 선정되어 발간된 작품입니다.

영의 자리

고민실 장편소설

한겨레출판

차례

1장

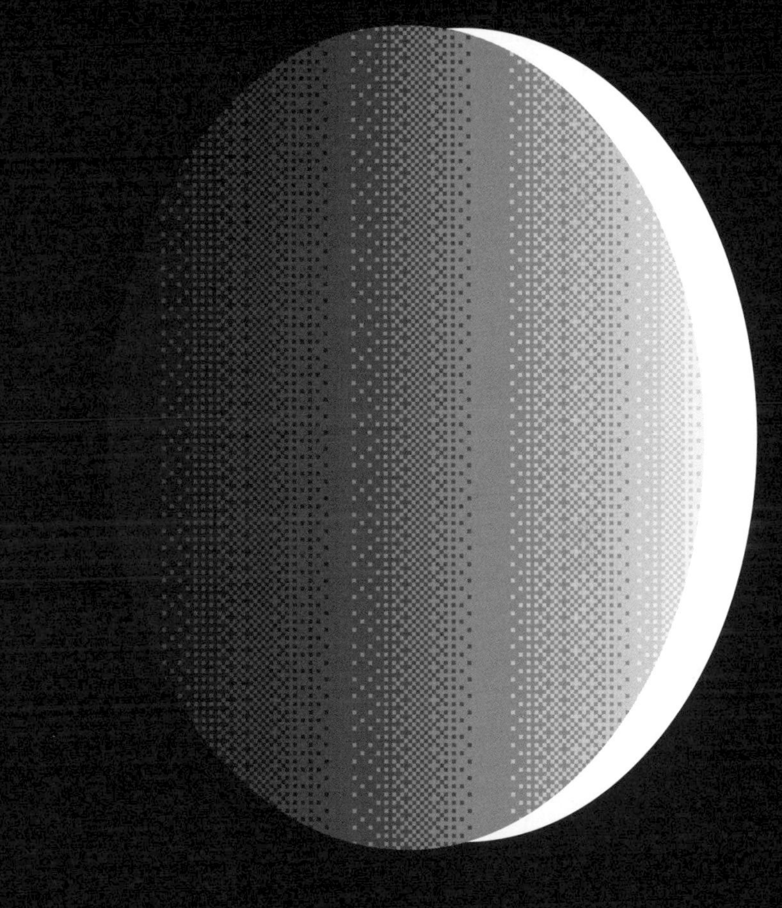

0.1

유령이 되기로 했다.

배우가 되었다는 소리가 아니다. 핼러윈에 트릭 오어 트리트를 외치지도 않았다. 취업 얘기다.

*

플라워 약국은 우연히 발견했다. 채용 사이트에서 '여성'과 '30세'로 조건을 설정해 검색한 결과를 차례로 클릭해보지 않았다면, 급하게 이사하느라 모아놓은 돈을 다 쓰지 않았다면, 마지막 실업급여를 받고 이제 알바라도 해야겠다고 생각하던 참이 아니었다면, 약국 채용 공고를 유심히 들여다보는 일은 없었을 테니 필연에 가까워 보이기도 했다.

나이 무관, 성별 무관, 학력 무관, 경력 무관. 15년이나 됐으면 망하지는 않겠네. 어디에나 흔하게 있으니 이직하기도 편할 테고. 식사도 제공하는구나. 휴무일이 일요일밖에 없는 건 사소한 문제로 여겨졌다. 사무직으로 일해도 풀타임 아르바이트를 할 때와 급여는 비슷했으니까…… 어쩌면 라면에 질린 나머지 지원할 이유를 만들어냈는지도 모른다.

약국은 문자로만 지원을 받았다. 채용 공고에 나온 대로 사는 지역과 나이를 입력해서 보내자 다음 날 오후 3시에 보자고 답장이 왔다. 핸드폰으로 약국을 검색해서 나온 글들을 읽으며 계속 망설였다. 이제까지 쌓아온 것들을 전부 '무관'하게 만드는 선택을 해도 되는 걸까.

나는 무엇이 되어보려고 한 적이 없었다. 수험생이어야 하니까 수험생으로 살았고 취준생이어야 하니까 취준생으로 살았다. 미용실에 샴푸라든가 트리트먼트 같은 헤어 제품을 납품하는 회사에 입사했을 때도 직장인보다 직장'생'에 더 가까운 기분이었다. 헤어 제품의 효과를 체감하기는 어려웠지만, 효과가 뛰어나다고 홍보하는 업무는 점차 손에 익었다. 다만 왕복 네 시간에 가까운 출퇴근길은 좀처럼 익숙해지지 않아서 결국 회사 근처에 원룸을 구해 자취생이 되었다.

독립에 들뜬 것도 잠시였다. 인테리어를 위해 구입한 캐릭터 무드등에는 먼지가 앉았고, 요리를 해보겠다고 장만한 프라이팬은 배달 음식에 밀려 인덕션에 올라가지 못했다. 혼자 사는 삶을 얼마나 낭만적으로 바라보고 있었는지 월급이 통장에서 사라지는 속도로 실감했다. 냉장고가 웅웅거리며 돌아가는 소리로 가득한 밤의 적막도 홀로 감당해야 했다. 밤중에 누군가 도어록을 눌러 경고음이 연거푸 반복되는 동안 핸드폰을 움켜쥐고 신고를 해야 하나 고민한 일도 있었다. 다만 자취를 접을 생각은 손톱만큼도 들지 않았는데, 가족과 함께 사는 삶 역시 녹록지 않았기 때문이다. 짧은 출퇴근 시간이 주는 여유에 익숙해지기도 했고. 해고를 당하리라고는 조금도 예상하지 못한 탓이었는지도 모르겠다.

20대라도 정리해고될 수 있다. 회사의 미래를 위해 열정을 투자하라던 사장은 사소한 문제로 트집을 잡기 시작하더니 2년 만에 계약을 종료했다. 급하게 이직한 회사는 경영 악화로 1년을 겨우 넘기고 폐업했다. 실업급여를 신청하고 구직활동을 시작하면서 취준생 대신 백수라고 불렸다. 익숙했던 '생'의 자리를 박탈당하자 무엇이든 되어야 한다는 위기감이 밀려왔다.

첫 실업급여를 받을 때까지만 해도 여유가 있었다. 기껏 들어간 회사가 또 없어지기라도 하면 곤란했으므로 신중하게 골라 이력서를 보냈다. 낯선 번호가 핸드폰 액정에 뜰 때마다 목소리를 가다듬으며 전화를 받았지만 대개 스팸이었다. 너무 신중했다고 자괴감 섞인 반성을 할 즈음 집주인에게서 연락이 왔다. 이사 비용을 대줄 테니 한 달 안에 집을 비워달라는 제안 같은 통보였다.

밤에는 이력서를 쓰고 낮에는 집을 보러 다녔다. 풀옵션에 2층 이상, 교통까지 좋은 집은 월세가 터무니없이 비쌌다. 중개업자가 권하는 대로 호기롭게 집을 구경하다가 차츰 조건을 수정했다. 마치 어디까지 삶의 질을 떨어뜨릴 수 있는지 시험당하는 기분이었다.

하루는 계단 꼭대기에 있는 집을 보고 와서 뻐근한 다리를 쭉 펴고 라면을 먹었다. 바닥이 드러난 냄비에 달라붙은 파를 젓가락으로 집으려다가 번번이 실패하자 갑자기 넌더리가 났다. 무엇이 되고 싶지 않다고 해서 게을렀던 건 아니다. 남들만큼은 노력했다고 믿었는데 부족했던 걸까. 더 노력한다고 달라지기는 할까. 살아온 날보다 살아야 할 날들이 더 하찮아 보였다.

평소와 다른 선택을 하게 되는 건 그런 순간일 것이다. 달라질 거라고 믿거나 달라지지 않을 거라고 믿거나. 나는 후자였다.

풀옵션에 2층, 지하철역까지 걸어서 20분이고 마을버스도 있었다. 수압이 강하고 따뜻한 물도 잘 나왔다. 다만 집이 오래됐는지 수도꼭지며 샤워기가 부식해 물곰팡이가 잔뜩 꼈다. 광택을 잃은 싱크대 옆에 기름때 낀 가스레인지가 놓여 있었고, 보일러실에 낡은 통돌이 세탁기가 들어가 있었다. 벽지에 곰팡이는 없었지만 못을 박았던 자국과 테이프를 붙였다 뗀 자국, 볼펜으로 휘갈긴 낙서가 보였다. 노을로 붉게 물든 햇빛이 창문을 가득 채우고 바닥에까지 흘러넘쳤다. 그 자리에 매트리스를 놓고 싶다고 생각한 순간 견딜 수 없이 슬퍼졌다.

집주인이 도배를 해주기로 했다는 중개인의 말에 설득당한 것처럼 계약금을 걸고 돌아왔다. 월세는 싼 편이지만 보증금이 높았다. 나는 그간 모은 저축에다가 부모님에게 빌린 돈을 보태 보증금을 지불했다. 이삿짐은 꽤 오랜 시간에 걸쳐 정리했는데 중고거래 앱에 올릴 수 있는 소지품을 모조리 올렸기 때문이다. 2000원을 1000원으로 깎아달라고 하고 심지어 무료로 달라고 하거나 때로는 약속 장소에 나타나지 않는 사람들을 상대하면서, 뭐라도 하고 있다는 안도감을 얻었던 것 같다. 팔까 말까 망설였던 물건은 죄다

팔리고 정말 쓸모없는 물건만 남았을 때 플라워 약국을 발견했다.

다른 회사에서 연락이 왔다면 과연 약국에 면접을 보러 갔을까. 아침에 눈을 뜬 순간부터 핸드폰을 들여다보았지만 카드 결제액을 알리는 메시지만 받았다. 잘게 부순 라면에 수프 가루를 뿌려 먹고 옷을 갈아입었다. 지하철역까지 걸어가던 중에 어깨에서 흘러내리는 에코백의 끈을 잡아당긴 순간, 돌연 나타난 차에 부딪혔다.

*

나는 몇 가지 사소한 불법을 저지르고는 하는데 무단횡단도 그중 하나였다. 한적한 골목과 인접한 횡단보도 앞에 대기하는 차가 없으면 빨간불이라도 얼른 건너가고는 했다. 이제까지 별문제가 되지 않았던 습관이 H자 엠블럼을 단 차에 부딪히면서 달라졌다. 유선형의 파란색 몸체에 밀려 넘어지는 순간 파도 소리를 들은 것 같았다.

—죄송합니다. 괜찮으세요?

차에서 내린 운전자가 다가와 물었다. 놀란 마음에 제자리에 멍하니 앉아 있다가 에코백을 챙겨 엉거주춤 일어섰다. 엉덩이를 털면서 다리를 살폈지만 상한 데는 없어 보였다.

—병원에 데려다드릴까요?

—괜찮아요.

—병원에 데려다드려야 마음이 편한데요.

—정말 괜찮아요.

—나중에 딴소리하시면 안 돼요.

—어디 가봐야 해서요. 아프면 나중에 연락드릴게요.

운전자는 핸드폰을 꺼내 주위 사진을 몇 차례 찍고는 명함을 내밀었다.

—나중에라도 문제 생기면 꼭 전화 주세요.

명함은 하늘색이었다. 상단에 회사 로고가 흰색으로 박혀 있었고, 하단에 채도 낮은 주황색으로 연락처와 이메일 주소가 나열되어 있었다. 운전자는 내가 명함을 가방에 넣는 걸 보고 나서 차에 올라탔다. H자 엠블럼을 단 파란색 차가 골목길로 사라지자 멀찍이서 지켜보던 시선들이 흩어졌다. 나는 핸드폰을 꺼내 시간을 확인하고 서둘러 지하철역으로 향했다.

하루 중 가장 더울 시간이었다. 햇볕이 머리를 뜨겁게 달구었다. 음영이 선명한 길을 흐느적거리는 그림자를 끌고 걸었다. 계단을 내려가 지하철역으로 들어갔다. 역사 안에도 미적지근한 공기가 고여 있었다. 지하철에 타서 출입문 옆에 기대섰다. 터널을 빠져나온 지하철이 철교 위를 달리자 탁 트인 풍경이 나타났다. 조금 전까지 머리를 데우던 햇볕이 시치미를 떼고 물장구를 치고 있었다. 일렁이는 물결을 따라 잘게 쪼개진 빛이 눈꺼풀 안쪽으로 기어들어 왔다. 부신 눈을 감았다 떴을 때는 다시 터널로 들어가고 있었다.

지하철역을 나와서 얼마 걷지 않아 제법 넓은 도로가 교차하는 사거리가 나타났다. 횡단보도 건너편에 3층 높이의 아파트 상가가 보였다. 상가 건물 꼭대기에 동물병원, 피부 관리실, 정형외과 간판이 가지런히 걸려 있었다. 횡단보도를 건너고 나서야 가로수가 가리고 있던 약국 간판을 볼 수 있었다. 배경은 흰색이고 약국 이름은 연두색인데 '워'와 '약'에 이응 대신 각각 분홍색과 노란색 꽃 그림이 박혀 있었다. 애들 옷에서 흔히 볼 법한 무늬라 그런지 간판이 마치 아이가 그린 그림처럼 보였다.

약국은 건물 모서리에 자리 잡고 있었다. 비스듬한 지대에 건물을 올려서 약국 앞에 두 칸짜리 야트막한 계단과 경사로가 설치되어 있었다. 약국에서 멀어질수록 계단은 한

칸으로 줄었다가 은행 앞에서 평평해졌다.

옆면을 돌아보니 정면과 디자인은 같고 크기만 작은 간판이 하나 더 있었다. 여닫이문을 제외하고 온통 불투명한 흰색 시트지로 덮어놓아 안쪽에 뭐가 있는지 보이지 않았다. 정면 유리창은 시트지를 바르지 않았지만 하단에 광고지가 빼곡하게 붙어 있고 행거에 상품이 잔뜩 걸려 있어 안쪽이 보이지 않기는 마찬가지였다. 나는 약국에 불이 켜진 걸 확인하고 계단에 발을 올렸다. 자동문이 바람 소리를 내며 반으로 갈라졌다.

— 어서 오세요.

맞은편 계산대 쪽에서 붙임성 있는 남자 목소리가 들려왔다. 실내는 밖에서 보는 것보다 꽤 밝았다. 공간도 널찍했다. 영양제며 생리대, 염색약 등으로 채워진 진열대가 한쪽 벽에 늘어서 있었다. 화장품 전용 진열대는 조명이 들어와 화사해 보였다. 중앙에 기둥이 두 개였는데 하나는 자동문과 가까웠고 하나는 계산대와 가까웠다. 높이가 가슴께까지 오는 낮은 진열대가 각각 한쪽 면을 기둥에 붙이고 서 있었다.

— 면접 보러 왔는데요.

남자가 흰 가운을 입은 걸 확인하고 그리로 향했다. 가까이 다가갈수록 길쭉한 얼굴이 눈에 들어왔다. 한쪽이 휘어 보이는, 왼쪽인지 오른쪽인지 정확하게 짚을 수 없지만 어딘가 휘어 있어 강낭콩을 닮은 얼굴이었다. 콧대가 납작해서 더 그렇게 보이는 것 같기도 했다.

— 들어와요.

계산대를 짚고 서 있던 약사가 의자에 앉으며 말했다. 계산대 옆에 컴퓨터가 놓인 작은 책상이 있었다. 책상과 계산대 사이 공간이 통로로 쓰이는 듯했다. 계산대 안쪽으로 들어가자 약사가 손짓했다.

— 거기 의자.

책상 앞에 있는 의자를 끌고 와서 약사 맞은편에 앉았다. 약사는 비뚤게 흘러내린 안경을 밀어 올리며 말했다.

— 이력서 가져왔어요?

약사가 이력서를 훑어보는 동안 나는 그 어깨 너머를 살폈다. 아이보리색 커튼 위쪽 벽에 조제실이라고 쓴 팻말과 약사 자격증을 끼워놓은 액자가 걸려 있었다. 15년은 족히 되었을 낡음이 액자에 묻어 있었다.

— 가방끈이 기네.

약사가 고개를 들지 않은 채 중얼거렸다. 마치 들으라고 한 소리 같았지만 혼잣말이었다. 나는 표정 관리를 하며 그의 머리를 응시했다. 정수리 옆에 새치가 몰려 있어서 그런지 머리도 한쪽으로 휘어 보였다.

— 약국은 처음인가 봐?

이번에는 혼잣말이 아니라 질문이었다. 약사가 고개를 들어 빤히 쳐다보았다. 나는 가급적 공손한 목소리로 '처음이기는 하지만'으로 시작하는 대답을 꺼냈다.

— 일은 금방 배우는 편이에요.

처음 보는 사람에게 대뜸 반말을 하는 중년의 남자는 보통 예상 가능한 보수성을 지니고 있었다. 퀴즈를 맞히듯이 그가 원하는 답을 내놓기 위해 기다리는데 약사가 웃었다. 입꼬리가 한쪽만 올라간 것처럼 보이는 웃음이었다.

— 유령이 또 왔네.

— 네?

— 유령이라고.

— 유, 뭐요?

— 몇 번을 말해.

약사가 나를 손가락질하며 말했다.

— 유령이라니까.

취업 준비를 하면서 면접관이 돌발 질문을 던질 때의 대처법을 연습했던 경험이 도움이 되었다. 나는 당황하지 않은 척 여유로운 척 생각에 잠긴 척 시간을 끌었다.

—유령이 뭔데요?

약국에서만 통용되는 은어인가 싶어 물어봤을 뿐인데 약사가 웃음을 터트렸다. 아주 우스운 소리를 들었다는 듯이 배를 잡고 웃어서 민망할 정도였다.

—유령이 유령이지 뭐겠어.

—핼러윈에 사탕 받는 유령이요?

—그건 유령으로 분장한 사람이고.

—진짜 유령이요?

—그렇다니까.

—제가요?

—원래 유령은 자기가 유령인지 몰라.

—유령은 죽은 사람이잖아요. 저는 살아 있는데요.

—산 사람도 유령이 될 수 있어.

약사의 입가에 웃음이 고였다. 농담이라기에는 같이 웃어주기 어려운 껄끄러움이 있었다. 나도 모르게 손바닥으로 허벅지를 문질렀다. 청바지 아래 말캉한 살이 눌렸다가 솟아올랐다.

—어서 오세요.

종이 울리자 약사가 의자에서 일어났다. 조제실과 진열

대 사이에 복도가 보이는 여닫이문이 하나 더 있었다. 모시 한복을 입은 할아버지가 그리로 들어왔다.

— 오늘은 어떻게 오셨어요?

약사의 안색이 밝아지고 목소리가 한 톤 올라갔다. 서비스업에 한 발 걸치고 있다 보니 처세술이 발달한 모양이었다. 그 처세술이라는 걸 예비 알바생에게 활용하지 않았을 뿐.

— 어떻게 오긴. 걸어서 왔지.

할아버지가 던진 농담에 약사가 키들키들 웃었다. 할아버지는 흐뭇한 미소를 띤 채로 용건을 말했다.

— 정로환이 떨어졌어.

— 늘 드시던 거로 드릴까요? 향 있는 거?

— 그렇지. 그 한약 냄새가 좋더라고. 냄새만 맡아도 속이 편해져.

약사가 뒤쪽 선반에서 정로환을 집어 계산대에 올리며 설명했다.

— 이게 원래 지사제예요. 많이 먹으면 꼭 필요한 대장균까지 죽일 수 있어요. 이제 장 기능도 떨어지는데 자주 드시지 마세요.

— 속 거북할 때는 이게 제일 잘 들어.

— 에휴, 요즘 약들이 얼마나 잘 나오는데요.

할아버지에게 카드를 받아 결제를 마치고도 약사는 설득을 이어갔다. 할아버지는 그의 말을 중간에 자르고 정로환 예찬론을 펼쳤다. 약사가 말꼬리를 잡았지만 할아버지는 화를 내기는커녕 허허 웃다가 같은 말을 반복했다. 지친 기색 없이 약사가 말을 이어받았다. 언쟁이 아니었다. 수다였다.

나는 앞으로 구부리고 있던 등을 젖혀 의자에 기댔다. 꿔다 놓은 보릿자루가 되어야 한다면 자세라도 편하게 하는 쪽이 나았다. 천장에 주먹만 한 크기의 LED등이 일정한 간격으로 박혀 있었다. 계산대 안쪽에 천장까지 높이가 딱 맞게 짠 수납장이 있었다. 하얀 선반마다 약이 꽉 들어찼다. 옆면에 흰색 시트지로 덮여 있던 부분이 일부 보이지 않았다. 아마도 수납장 너머에 보이지 않는 공간이 숨겨져 있는 듯했다.

— 살펴 가세요.

모시 한복을 입은 할아버지가 지팡이를 짚으며 자동문으로 나갔다. 나는 의자에 기댔던 등을 떼어내 자세를 바로 했다. 강낭콩을 닮은 얼굴에서 미소가 지워지고 피로가 깃드는 과정을 지켜보았다.

— 일 년 이상 일해줬으면 하는데.

— 가능해요.

다소 진심을 담아 말했지만 약사는 확답을 주지 않은 채 면접을 마무리 지었다.

— 나중에 연락 줄게요.

약국을 나서자 등 뒤로 불어오던 에어컨 바람이 끊어졌다. 바깥은 여전히 더웠다. 목이 말랐지만 편의점에 들어가지 않았다. 차에 부딪힌 다리가 욱신거려서 빨리 집에 가고 싶었다. 횡단보도를 건너고, 노래를 크게 틀어놓은 핸드폰 가게를 지나고, 창에 A4지를 잔뜩 붙여놓은 공인중개사를 지나 지하철역에 들어갔다. 철교 위에서 먹구름이 깔린 하늘을 보았다. 지하철역을 나와 계단을 올라갈 때는 빗방울이 떨어지고 있었다. 가방을 들어 머리를 가리고 집까지 뛰었다.

운동화를 벗자마자 냉장고에서 물병부터 꺼내 남은 물을 다 마셨다. 냉기에 콧등이 찡했다. 간이정수기에 담아두었던 물을 물병에 부어 다시 냉장고에 집어넣고 청바지를 벗었다. 다리를 번갈아 살펴봤지만 멍 자국을 발견할 수 없었다. 눈에 보이는 상처가 없으니 통증도 착각이었나 싶었다. 나는 티셔츠와 브래지어를 한꺼번에 벗어 바닥에 떨어뜨리고 욕실에 들어갔다.

샤워를 하고 나오자 천둥소리가 들렸다. 안쪽의 반투명한 유리창은 빽빽해서 열려면 위쪽과 아래쪽에 번갈아 힘을 주어야 했다. 바깥쪽의 투명한 유리창으로 길게 내리긋는 빗줄기가 보였다. 입 안을 데우던 열기가 무색할 정도로 거세게 비가 쏟아지고 있었다. 가로등이 노르스름하게 빛났다. 방범창 때문에 갈라진 불빛이 매트리스에 내려앉았다. 나는 조각난 불빛 위에 주저앉아 핸드폰을 집어 들었다. 낮에 있었던 일들을 주절주절 떠들어 가볍게 털어버리고 싶었다. 약국에 면접을 보러 갔다고 말해도 좋을 사람이 누구일까. 스크롤을 아래로 내렸다가 위로 올리기를 반복하던 중에 한 이름에서 손가락이 멈췄다.

—언니.

나는 왼 손목을 더듬었다. 혜에게 선물받은 팔찌가 없었다. 손목에 더해지던 무게 대신 하얀 자국만 남아 동그랗게 띠를 두르고 있었다. 혜와 마지막으로 만난 게 언제더라.

봄이었다. 날은 추웠지만 공기가 맑아 하늘이 파란색을 띠고 있었다. 점심은 혜가 샀고 티켓은 내가 예매했다. 오래전부터 보고 싶었던 체코 화가의 전시회였다. 관람을 마치고 나와서 단걸 먹고 싶다고 말했더니 혜가 말했다. 핫초코 마실래? 나는 고개를 저었다. 핫초코는 아니야. 목구멍을 today

지나가는 깔끔한 단맛이 아니라 진득하게 달라붙는 단맛이 필요해. 공중에 손을 휘저으며 설명하자 혜가 웃었다. 내가 너의 디테일을 따라갈 수가 없구나. 아는 곳이 있다며 혜가 앞장섰다. 골목 어귀에 위치한 작은 카페였다. 파란색 문을 열고 들어가자 간격을 두고 나란히 놓여 있는 나무 테이블이 보였다. 계산대 옆에 안전문이 있었고 그 너머에 몰티즈가 앉아 있었다. 주문하고 얼마 기다리지 않아 따뜻하게 데운 브라우니가 음료수와 함께 나왔다. 브라우니를 포크로 자르자 까만 초콜릿이 질척하게 새 나왔다. 겉은 쫀득하고 속은 촉촉해서 몇 번 씹지 않아 빵이 녹아내리듯 사라졌다. 단맛 뒤에 배어 있는 쌉싸름한 맛이 깊은 풍미를 더했다. 흔하디흔한 날들 중 하나에 불과했는데 마지막이 되어 있었다. 직후에 다니던 회사가 문을 닫았고 이사 갈 집을 구해야 했다. 봄은 사라지고 어느새 여름이었다.

싱크대 서랍을 모두 열어보고 가방도 탈탈 털었다. 실직하기 전부터 소비를 줄이고 있었다. 절반은 금전적인 이유였고, 나머지 절반은 다른 이유였다. 액세서리와 옷을 뜸하게 사다가 화장품의 개수를 늘리지 않았다. 거울 앞에는 로션과 선크림만 덩그러니 놓여 있었고, 옷장에는 유행을 타지 않거나 유행이 지난 옷들만 남아 있었다. 방바닥을 모서

리까지 샅샅이 훑어보고 나서 중고거래 앱을 열었다. 거래 내역에 팔찌는 없었다. 팔찌가 든 채로 옷을 팔았나 의심해봤지만 팔린 옷에는 주머니가 없었다. 나는 처음부터 다시 방을 뒤지고 나서야 팔찌를 잃어버렸다는 사실을 인정했다.

채팅 앱을 열어 혜와 주고받은 메시지를 찾아보았다. 채팅방은 심해에 가라앉듯이 한참 아래로 내려가 있었다. 마지막 메시지는 혜가 보냈고 나는 답장을 하지 않았다. 혜의 생일날이었다. 그래픽 디자이너인 혜는 내 생일마다 직접 디자인한 축하 카드를 메시지로 보내주었다. 나는 크리스마스에만 살 수 있는 입체 카드를 사서 봄까지 보관했다가 혜의 생일날 건네고는 했다. 작년에 산 크리스마스카드는 갈 데를 잃은 채 서랍 속에 머물러 있었다. 내 생일은 이제 두 달 남짓 남았다.

나는 자음만 썼다 지우기를 반복하다가 핸드폰을 내려놓았다. 갑자기 허기가 져서 다시 핸드폰을 움켜쥐고 배달 앱을 열어 떡볶이와 튀김과 순대를 주문했다. 동영상을 보며 지나가는 발소리에 귀를 기울였다. 현관문 여닫는 소리가 몇 번 울리고 발소리 하나가 집 가까이에서 멈췄다. 비닐봉지가 바스락거리는 소리가 나더니 문을 두드리는 소리가 두 번 울렸다. 발소리가 멀어지기를 기다렸다가 현관문을 열었다. 바닥에 두고 간 비닐봉지에 빗방울이 묻어 있었다.

떡볶이 위에 올린 치즈가 길게 늘어났다. 순대는 소금을 찍어 먹고 튀김은 떡볶이 국물을 묻혀 먹었다. 매콤한 맛에 혀가 얼얼해지자 스읍 숨을 들이마셨다. 어묵은 한 조각을 남겨두었다가 마지막에 입에 넣었다. 다 못 먹을 줄 알았는데 오산이었다. 양념만 남기고 그릇을 싹 비웠다. 매트리스에 머리만 대고 누워 거북할 정도로 포만감이 가득한 배를 쓰다듬었다. 냉장고가 또 웅웅거리는가 싶었는데 핸드폰이 울리는 소리였다. 손을 뻗어 충전기에 꽂힌 채로 핸드폰을 집어 들었다.

— 월요일부터요. 한 달은 수습으로…… 네, 알겠습니다. 다음 주에 뵐게요.

전화를 끊고 모로 누워 SNS 앱을 열었다. 혜의 계정에는 평소와 다름없이 전시회와 카페 사진이 올라와 있었다. 내 계정을 언팔하지는 않았다. SNS 앱을 닫고 커뮤니티 앱을 열었다. **교통사고가 났어.** 게시글을 올리자 얼마 지나지 않아 큰일이 아니라 다행이라는 위로와 병원에 가보라는 조언이 댓글로 달렸다. 게시글에 달린 댓글을 수시로 확인하며 답글을 달았다. 고마워. 걱정해줘서 고마워. 그렇게 할게. 깜박 졸아 핸드폰을 손에서 놓고 눈을 감았다. 몸을 뒤척이다가 미지의 생물이 파도를 헤치는 소리를 들었다.

*

주말 내내 오던 비는 월요일 아침에야 겨우 그쳤다. 날씨 앱을 열자 이틀 또는 사흘 간격으로 빗방울 그림이 떠 있었다. 나는 우산을 에코백에 넣고 집을 나섰다. 전깃줄에 맺혀 있던 물방울이 떨어지며 팔을 스쳤다. 팔을 문질러 물기를 지워내고 지하철역으로 향했다.

— 어서 오세요.

약국에 들어가자 키가 큰 남자가 인사를 했다. 손에 대걸레를 들고 있는 걸 보면 직원 같은데 면접 날에는 보지 못했다. 조제실에서 약사가 나오더니 그와 나를 차례로 손짓해서 불렀다.

— 인사해. 이쪽은 조 부장, 이쪽은 양 실장.

키가 큰 남자가 대걸레를 기둥에 세워두고 다가왔다. 깔끔하게 다림질한 셔츠를 역시 다림질 선이 뚜렷한 면바지 안에 넣어 입고 캐주얼한 구두를 신었다. 키가 한 뼘 이상

차이 나서 그가 다가올수록 턱을 점차 들어 올려야 했다.

— 안녕하세요.

체격 차가 주는 위압감에 눌리지 않으려 의식하며 남자가 내민 손을 잡았다. 평범한 악수였지만 키가 큰 만큼 손가락도 길어 내 손등을 거의 감싸듯이 덮었다. 눈썹도 두꺼워서 자칫 강해 보일 수 있는 인상이 미소 하나로 유해졌다. 사람을 대하는 요령이 능숙하게 몸에 배어 있는 사람이었다. 나는 웃는 시늉만 하고 쥐고 있던 손을 풀었다.

— 조 부장, 잘 가르쳐줘. 약국은 처음이라니까.

— 알겠습니다.

— 양 실장도 유령이야.

약사는 그 말을 끝으로 계산대 안쪽으로 들어가 커튼을 열고 조제실에 들어갔다. 조제실 옆면은 흰색 시트지로 덮여 있었다. 위쪽이 비어서 목을 빼거나 까치발을 하면 밖을 내다볼 수 있었다. 새치가 한쪽으로 몰려 있는 정수리가 시트지 위로 까닥거리며 움직였다.

— 같은 유령이네요.

머리 위로 떨어지는 목소리에 고개를 들자 키가 큰 남자가 빙긋 웃었다. 사람 좋아 보이는 미소가 목소리에도 묻어났다. 조금 전 악수를 했을 때 전해진 온기가 아직 손바닥에 남아 있었다. 나는 손끝을 비비며 말했다.

—유령은 자기가 유령인 줄 모른다던데요?

—국장님이 그러시던가요?

—약사님을 국장님이라고 불러요?

—약사라고도 하고 국장이라고도 하는데…… 김 약사님은 국장으로 불리는 쪽이 더 익숙하신 거 같아요.

면접 날 약사 자격증에서 이름을 봤는데 기억나지 않았다. 김 씨니까 김 약사겠지. 조 부장은 조 씨일 테고. 김 약사는 조 부장의 이름을 알려주지 않았다. 내 이름을 그에게 말하지도 않았다. 어차피 직함으로 부를 테니까 성만 알아도 충분하기는 했다. 나는 조에게 물었다.

—유령을 믿으세요?

—글쎄요…….

말꼬리만큼 흐려지는 표정을 보고 나는 시선을 내렸다. 한참 올려다보았더니 뒷목이 뻐근했다. 다시 턱을 들어 올리는 대신 옆으로 돌렸다. 가방을 내려놓을 장소를 물색하는데 조의 목소리가 더 가까이서 들려왔다.

—미신을 믿는 사람이 드물지 않으니까요.

고개를 바로 하자 허리를 굽힌 조의 얼굴이 눈앞에 있었다. 나는 그제야 조가 화장을 했다는 사실을 알았다. 비비

크림을 발랐는지 균일한 색의 피부가 턱에서 경계가 졌다. 입술에 살짝 붉은 기를 머금은 윤기가 돌았다. 가까이서 보지 않았다면 모를 정도로 옅은 화장이었다.

— 약사들이 과학적일 것 같지만 의외로 안 그래요. 미신을 믿는 사람이 은근히 많거든요.

조가 낮은 목소리로 말했다. 시트지 너머에서 흔들리는 약사의 머리를 곁눈질하고 나도 덩달아 목소리를 낮추었다.

— 미신인가요?

— 과학은 아니잖아요.

— 제가 과학을 잘 몰라서…….

— 저도 잘 모르지만 과학만 믿으라는 법은 없으니까.

— 그런 법은 없죠.

— 미신을 믿을 수도 있으니까.

— 그럴 수도 있죠.

— 네, 그래서 그렇구나 했어요.

— 뭐가요?

— 유령이요.

조가 한쪽 눈을 찡그리며 가볍게 웃었다.

— 아니어야 할 이유가 없어서요.

그만 허리를 펴고 기둥에 세워둔 대걸레를 집어 드는 조의 왼손에 아날로그 시계가 채워져 있었다. 나는 내 손목에 남은 하얀 자국을 내려다보았다. 오랫동안 팔찌가 차지하고 있던 자리가 허전했다. 손목을 감싸 쥐어봐도 팔찌의 무게를 대신하지 못했다.

— 앉아서 처방전 보고 계세요. 눈에 익으려면 시간이 좀 걸릴 거예요.

조가 계산대에 있는 컴퓨터를 가리켰다. 나는 통로를 지나 조제실과 인접한 컴퓨터 앞으로 갔다. 모니터 옆에 '처방전 받는 곳'이라는 안내문이 세워져 있고, 카드 결제기와 구충제가 든 바구니가 그 옆에 나란히 놓여 있었다. 의자에 엉거주춤 걸터앉아 젖은 천이 바닥을 문대는 소리를 들었다. 조가 여닫이문을 열고 나가자 문에 매달린 종이 흔들렸다. 대걸레가 지나간 자리에 남은 물기가 조명을 반사해 하얗게 빛났다. 나는 의자에 더 깊숙이 엉덩이를 묻었다. 단단한 팔걸이를 붙잡으며 두 번의 실직이 나에게 얼마나 큰 상실로 남았는지 새삼 깨달았다.

유령이 되기로 했다. 유령이라고 하니까. 믿음 앞에서 논리는 무용했다. 사람들은 사실을 근거로 믿는 게 아니라 믿고 싶은 이야기를 선택할 뿐이다. 지구가 평평하다거나 닐 암스트롱이 달에 다녀온 적이 없다고 주장하는 이들이 여전히 존재하는 이유였다. 내가 선택한 이야기들에도 분명 거짓이 존재할 테고 거기에 하나를 더 추가한다고 해서 크게 달라질 것 같지 않았다. 나에게 피해를 주지 않는 이상은 존중해줄 셈이었다.

그때까지도 나는 여전히 '생'의 기분에 젖어 있었던 듯했다. 상실에서 벗어날 수만 있다면 유령이 되는 것쯤은 대수롭지 않은 일이라고 생각했다.

0.2

0에서 1로 변모하는 과정은 설레면서 우울하다. 곧 1이 되겠지만 아직은 아니므로 0에 가까운 자신을 체감하게 된다. 첫 출근날에는 0.0000001쯤 되는 기분이었다.

*

종이 울리고 바깥쪽 여닫이문이 열렸다. 손님이 들어와 처방전을 내밀었다. 김 약사는 처방전을 힐끔 보고 조제실로 들어갔다. 선반에 약을 채워 넣던 조가 다가와 나에게 말했다.

— 어떻게 하는지 지켜보세요.

리더기를 QR 코드에 가져가자 삑 소리가 났다. 조는 모니터를 보며 볼펜으로 처방전에 숫자를 적었다. 김 약사가 조제가 끝난 약봉지를 들고 나오자 조는 처방전에 적힌 이름을 불렀다. 약값을 결제하고 손님을 돌려보내기 전에 다음 손님이 잇달아 들어왔다. 김 약사가 한 손님에게 붙들려 있는 동안 조는 다른 손님에게 소화제를 찾아 주었다. 어느새 작은 소파가 빈자리 없이 꽉 찼지만 내가 할 수 있는 일은 그저 지켜보는 것뿐이었다.

무슨 일이든 처음에는 서툴기 마련이다. 안달해서 될 일도 아니고 시간이 지나야 해결될 문제였다. 일머리가 있다는 말을 자주 들었기 때문에 크게 걱정하지 않았지만 무력하게 견뎌야 하는 시간이 마냥 편하지도 않았다.

— 한번 입력해보세요.

손님이 뜸해지자 조가 처방전을 건네며 말했다. 나는 죽 지켜본 대로 리더기를 들어 QR 코드를 찍었다. 편의점에서 질리도록 해본 일이라 간단했다. 한 손으로 계산대를 짚고 허리를 숙인 조가 다른 한 손으로 모니터를 가리키며 말했다.

— 이게 약값이에요. 옮겨 적어보세요.

나는 볼펜을 들어 조가 가리킨 숫자를 처방전에 적었다.

— 저장하세요.

마우스를 클릭해 저장 버튼을 누르니 처방전 내용이 사라졌다.

—여기에서 다시 불러낼 수 있어요.

조가 시키는 대로 마우스를 움직이자 처방전 내용이 다시 모니터에 떴다. 긴 손가락이 화면 위쪽을 짚었다.

—보험인지 비급여인지 먼저 체크하고…… 이름이랑 유효일자가 맞는지 보세요.

종이 울렸다. 복도가 보이는 안쪽 여닫이문이 열리고 손님이 들어왔다. 조는 뒤로 물러났다. 나는 처방전을 받아 리더기로 QR 코드를 찍었다. 조에게 배운 대로 금액을 적은 다음 저장 버튼을 클릭했다.

—여기에 도장 찍어서 국장님께 갖다드리세요.

리더기 옆에 일부인이 있었다. 볼펜으로 적은 숫자와 겹치지 않는 위치에 도장을 찍고 일어섰다.

커튼을 젖히자 조제대가 보였다. 흰색 상판 한쪽에 약봉지를 끼운 주걱이 종류별로 쌓여 있었다. 스무 칸짜리 수납함에 서랍이 몇 개 튀어나와 있고, 김 약사가 그리로 손을 넣어 약을 집었다. 약봉지를 끼운 주걱에 약을 떨어뜨리는 소리가 규칙적으로 들렸다. 나는 김 약사의 등을 향해 말했다.

—처방전이요.

—두고 가.

밖에서는 정사각형으로 보이던 조제실이 안에 들어가

니 직사각형 모양이었다. 왼편에 밖에서는 보이지 않는 공간이 더 있었다. 조제대에 처방전을 내려놓자 김 약사가 힐끔 보고 팔을 높이 쳐들었다. 조제대 위로 벽 너비에 딱 맞게 짠 수납장이 있었다. 층층이 칸마다 'ㄱ'부터 'ㅎ'까지 라벨이 붙어 있는 상자가 100여 개쯤 들어 있었다. 김 약사는 그중 하나를 끄집어냈다. 약상자는 작은 상자를 반으로 갈라서 만든 것이었고 오래됐는지 모서리가 꽤 닳아 있었다. 라벨지 위로 약 이름을 여러 번 썼다 지운 자국이 보였다.

아이보리색 커튼을 젖히고 나와서 모니터 옆 서류꽂이에 처방전을 정리해 꽂았다. 또다시 종이 울리고 여닫이문으로 들어온 손님이 처방전을 내밀었다. 조가 커튼을 젖히고 치과라고 말했다.

— 정형외과 다음으로 여기서 오는 손님이 제일 많아요. 처방도 거의 같아서 치과라고 알려드리기만 해도 아실 거예요. 가끔 처방이 달라질 때가 있으니까 초반에는 주의해서 보세요.

— 약이…….

내 입에서 한숨 같은 소리가 나왔다.

— 정말 많더라고요.

사람들이 그렇게 많은 약을 필요로 하는지 몰랐다. 내가 아는 약은 소화제나 진통제가 고작인데 그마저도 종류가 다양했다. 조가 이해한다는 듯이 고개를 끄덕이고 말했다.

— 자주 쓰는 건 한정되어 있어요. 억지로 외우려고 하지 않아도 매일 보면 저절로 눈에 들어와요.

김 약사가 약봉지를 들고 나오자 조가 나에게 결제를 맡겼다. 카드기 사용법은 알고 있어서 헤매지 않고 매장용 영수증과 고객용 영수증을 분리했다. 카드와 고객용 영수증을 손님에게 건네고 다음 손님에게서 만 원짜리 지폐를 받았다. 약값을 제한 금액을 거슬러 받은 손님이 나가자 비로소 매장이 비었다. 어느새 12시가 넘었다.

또 종이 울리고 앞치마를 입은 남자가 여닫이문을 등으로 밀면서 들어왔다. 조가 일어나 앞치마를 입은 남자가 건네주는 쟁반을 받았다. 조제실에 쟁반을 두고 나온 조의 손에 공깃밥이 하나 들려 있었다.

— 들어와서 식사하세요.

조가 공깃밥을 온장고에 넣으며 하는 말에 나는 김 약사를 쳐다보았다.

— 국장님은 나중에 드실 거예요.

김 약사는 의자에 앉아 리모컨을 들었다. 텔레비전에서 흘러나오는 왁자한 웃음소리를 들으며 나는 자리에서 일어났다.

조제대 왼편에 직각 방향으로 세면대와 긴 테이블이 있었다. 조가 긴 테이블 옆의 접이식 문을 열고 쑥 들어가는 걸 고개를 빼고 쳐다보았다. 계산대 너머 숨겨진 공간에 무엇이 있는지 그제야 알게 되었다. 창고였다. 철제 선반에 크고 작은 상자가 들어차 있었다. 접이식 문 옆에 캐비닛도 하나 있었다.

조는 창고에서 플라스틱 의자를 꺼내온 다음 쟁반의 신문지를 벗겼다. 쟁반은 두 개였다. 조가 하나를 들어 옆으로 옮기고 나머지 하나는 도로 신문지를 덮어두었다. 조와 나란히 플라스틱 의자에 앉아서 숟가락을 들었다.

— 위층 병원들이 항상 이 시간에 밥 먹으러 가거든요. 그러면 처방전 손님이 뜸해지니까 우리도 지금 식사하는 거죠. 교대로 먹어야 하는데 국장님이 나중에 드세요.

콩나물국이 밍밍했다. 깨작거리고 있자니 조가 진미채 접시를 내 앞으로 밀어주며 말했다.

— 긴장했나 봐요.

— 제가요?

— 아닌가요?

— 아닌데요.

— 아니어도 드세요. 먹어야 일을 하죠.

밥을 한 숟갈 뜨고 젓가락으로 진미채를 집어 입에 넣었다. 식감이 부드럽고 달아서 그나마 먹을 만했다. 조는 콩나물국에 밥을 말아 숟가락으로 꾹꾹 누르며 말했다.

— 지난주에 소시지 부침은 맛있었어요. 오늘 반찬이 별로네요.

— 부장님은 여기서 얼마나 일하셨어요?

— 며칠 안 됐어요.

진미채를 향해 젓가락을 뻗다 말고 쳐다보자 조가 어깨를 으쓱했다.

— 지난주 금요일부터 일했어요.

— 워낙 능숙하셔서 오래된 분인 줄 알았어요.

— 약국 일이야 오래 했죠. 십 년 넘게 했으니까.

— 정말 오래 하셨네요.

— 너무 오래 했죠. 그래서 유령이 됐나 봐요.

— 저는 뭘 그렇게 오래 한 적이 없어도 유령인걸요. 차라리 뭐라도 제대로 해봤으면 좋았을 텐데요.

조가 웃었다. 자주 움직이는 입 근처 화장이 시간이 지나며 올라온 유분기로 들떠 있었다. 파우더를 덧바르면 화장이 오래간다고 참견하고 싶은 마음을 누르고 진미채 접시를 제자리에 돌려놓았다. 콩나물국에 밥을 말았더니 맹물을 부은 것처럼 싱거워져서 오히려 먹기 좋았다. 반쯤 먹었을 때 옆에서 숟가락을 내려놓는 소리가 들렸다. 어느새 조의 국그릇이 깨끗이 비어 있었다.

— 칫솔 가져왔어요?

고개를 저었더니 조가 매장에 갔다가 돌아왔다. 칫솔을 내미는 조의 손목에 아날로그 시계가 채워져 있었다. 테두리는 금색이고 줄은 은색이었다. 로마숫자가 테두리를 따라 둥글게 늘어섰다. Ⅵ 자 위에 작은 원이 보였다. 시침도 분침도 초침도 아닌 바늘이 그 안에서 사선으로 기울어 있었다.

— 예쁘죠? 제가 시계를 좋아하거든요.

조가 시계가 잘 보이도록 팔을 틀었다. 나는 머쓱하게 웃고 칫솔을 받았다. 시계가 예쁘다는 생각은 미처 하지 못했다. 손목을 누르는 무게가 부러웠을 따름이다. 결핍을 머금은 손목이 시큰해졌다.

— 더 드세요.

— 다 먹었어요.

밥을 두어 숟갈 남기고 수저를 내려놓았다. 조는 손대지 않은 쟁반의 신문지를 걷어 식사를 끝낸 쟁반에 덮고 두 쟁반의 위치를 바꾼 다음 조제실을 나갔다. 매장에 손님이 왔는지 김 약사의 톤 높은 목소리가 들렸다. 양치질을 마치고 조제실을 나가려는데 조가 온장고에 넣어두었던 공깃밥을 가지고 들어왔다. 통로가 좁아서 닿지 않으려면 조제대에 바짝 붙어야 했다. 스쳐 지나가는 조에게서 알싸한 담배 냄새가 짙게 풍겼다.

손님이 나가고 종소리가 멈추기 전에 들어온 젊은 남자가 상자를 하나 계산대 위에 올려두었다. 김 약사가 조제실에서 나오는 조에게 말했다.

— 약 제대로 왔나 확인해봐.

조가 상자 속을 들여다보고 대답했다.

— 전부 도착했습니다.

여기서 일하는 동안 반복해서 보게 될 풍경이라고 직감했다. 김 약사가 식사를 하러 조제실에 들어간 뒤 나는 의자에 앉아 치과 처방전을 집어 들었다. 곰실린. 알마겐. 폰탈. 낯선 약 이름이 입 안에서 굴러다녔다. 종이 울렸다. 나는 들어오는 손님에게 처음으로 인사를 했다.

*

비가 오거나 흐리거나 하더니 모처럼 해가 났다. 유리창을 통해 보는 바깥 풍경이 으스러질 듯 위태로워 보이는 건 아지랑이 때문일 것이다. 아스팔트 위로 뜨거운 공기가 넘실거렸다. 한 모금만 들이마셔도 입 안이 메말라버릴 정도로 건조한 더위를 기억하고 있었다.

난생처음 뮤지컬을 본 날이었다. 혜를 처음 만난 날이기도 했다. 덕질하던 아이돌이 공연하는 뮤지컬을 같이 보러 갈 사람을 팬카페에서 찾다가 약속을 잡았다. 역에서 극장까지 걸어가는 짧은 시간에 등줄기로 땀이 흘러내렸다. 긴장한 나와 다르게 혜는 여유롭게 팸플릿을 챙겼다. 공연이 끝나고 카페에 들러 뮤지컬과 아이돌과 덕질의 경험에 대해 밤늦도록 이야기를 나누었다. 긍정적인 경험은 반복하기 마련이다. 1년에 한두 번 혜와 함께 공연을 관람했다. 탈덕하고 나서도 교류가 이어진 건 그 덕분이었다. 공연을 보러 갈 때만이 아니라 평소에도 연락을 주고받기까지는 오래 걸리지 않았다. 집에서 나와 자취를 시작할 때도 혜의 조언 덕분에 주저하지 않을 수 있었다. 어떤 혼란도 혜를 거치면 명쾌한 정의가 되었다. 나는 기꺼이 팬이 되어 혜를 덕질했다. 언니가 지금의 나를 보면 뭐라고 할까. 혜는 무신론자였다. 유령이 존재하는 세상에 혜가 존재할 리 없으니까 이루어지지 않을 상상이었다.

만지작거리던 핸드폰에서 손을 떼고 가늘게 눈을 떴다. 밖에서 안을 들여다보는 인영이 있었다. 센서가 고장 났는지 자동문이 열리지 않았다. 조를 부르려다가 바깥 풍경이 반듯해진 느낌을 받았다. 인영은 사라지고 보이지 않았다.

— 빵 먹고 해요.

조가 불렀다. 조제실에는 항상 식빵과 딸기잼이 있었다. 한번은 조가 우유식빵 대신 옥수수식빵을 사 왔다가 김 약사가 구시렁대는 소리를 이틀 내내 들어야 했다. 김 약사는 아침마다 식빵에 딸기잼을 발라 먹었다. 조도 아침마다 식빵에 딸기잼을 발라 먹었다. 공짜로 주는 걸 마다할 이유가 없으므로 나 역시 아침마다 식빵에 딸기잼을 발라 먹었다. 아침 손님이 한차례 몰렸다가 빠질 때 얼른 먹고는 했는데 김 약사의 수다가 덤으로 따라올 줄은 몰랐다.

어지간히 말하는 걸 좋아하는 사람이었다, 김 약사는. 조제실을 떠날 틈이 없을 정도로 바쁘지만 않으면 손님을 붙잡고 한참 수다를 떨었다. 단골들은 김 약사를 두고 친절하다고 했지만 진짜 친절한 사람이라면 골치 아픈 손님이 올 때마다 자리를 피할 리가 없었다. 포장을 뜯은 약을 환불해 달라고 우기는 손님을 조에게 넘기고 조제실에 숨은 적도 있었다. 김 약사가 상대하는 손님은 주로 순하디순한 단골이었고, 까다롭거나 낯선 손님은 대체로 조의 몫이었다. 인간적으로는 흠이 될지 몰라도 고용주로서는 크게 흠이 되는 성격은 아니었다. 오히려 손님이 없을 때가 더 문제였다. 김 약사는 지치지도 않는지 쉴 새 없이 조와 나에게 말을 걸었다. 단골에게 친절한 이유가 장삿속보다 수다를 떨 대상이 필요해서가 아닐까 싶을 정도였다. 흘려들을라치면 무시하기 힘든 질문으로 꼭 관심을 돌려놓고는 했다.

— 조 부장, 아버지 위암은 좀 괜찮으신가?

벌써 세 번째 같은 질문이었다. 예민한 가정사를 선심이라도 쓰듯이 캐물으면서 정작 위암이 아니라 대장암이라는 사실은 기억하지 못했다. 단순히 화젯거리로 삼으려는 태도가 빤히 보였다.

— 방사선 치료는 끝났고 저번에 항암제 맞았습니다.

— 이제 여름이라 축축 늘어질 텐데 큰일이네. 식사하기도 힘드실 거야. 영양제 싸게 해드릴 테니까 가져가.

— 아직 괜찮습니다. 전에 드시던 게 남아서요.

— 에휴, 다들 살 만한가 봐. 약을 안 먹어.

조가 바지 뒷주머니를 더듬었다. 진동이 울리는 핸드폰을 꺼내 발신자를 확인하더니 급히 조제실로 들어갔다. 창고에 들어갔는지 통화하는 목소리가 전혀 들리지 않았다. 조제실에서 나온 조가 이번에는 셔츠 앞주머니를 더듬으며 말했다.

— 화장실 다녀오겠습니다.

화장실에 가려면 안쪽 여닫이문으로 나가야 하는데 조는 바깥쪽 여닫이문으로 나갔다. 사실은 담배를 피우고 오겠다는 암묵적인 신호라는 걸 모르지 않았다. 아무리 바빠도 수시로 흡연 시간을 확보하는 조를 김 약사는 질타하지 않았다. 그래서인지 조도 어지간하면 김 약사에게 맞춰주었다. 덕분에 조의 어머니가 식당을 하고 남동생이 먼저 결혼했다는 것까지 알아버렸다.

— 어때? 일은 할 만해?

조가 자리를 비우자 김 약사의 질문이 어김없이 나에게로 향했다. 처음에는 외동이고 자취를 한다는 사실을 순순히 털어놓았지만 남의 사정을 먼지보다 가볍게 취급하는 태도에 대답을 신중하게 고르기로 했다. 입 안에 든 빵을 천천히 삼킨 다음 나는 대답했다.

— 네, 할 만해요.

— 도매상에 약 주문해봤어?

— 부장님이 그건 천천히 배워도 된다고…….

— 간 보고 있네. 그만두기라도 하면 헛수고라 이거지.

겨우 치과 처방전에 익숙해진 참이라 조의 말에 고개를 주억거리기만 했다. 배려라고만 생각했는데 다분히 실속을 차린 결정인 모양이었다.

— 양 실장은? 간 보는 건 끝났어?

— 요리는 좋아하지 않아서요.

김 약사가 키들대며 웃었다. 나는 손에 남은 빵을 전부 입에 넣었다. 고용주야 무슨 말을 하든 해될 게 없지만 피고용인의 입장은 달랐다. 잘못 대답하느니 입을 다무는 편이 나았다. 적어도 빵을 다 먹을 때까지는 기다릴 줄 알았는데 김 약사가 또 질문했다.

— 왜 유령이 된 거야?

일을 배우며 터득한 자세가 있었다. 모르는 건 일단 수긍하면 편해졌다. 내가 유령이구나. 벌써 오래전부터 유령이었는데 몰랐구나. 대체 언제부터였을까. 그동안 내가 겪은 일들은 누구나 흔하게 겪을 수 있는 일상이지 특별한 비극이 아니었다. 그만한 일로 유령이 된다면 세상에 유령 아닌 사람이 없을 것이다.

—모르겠어요. 언제 유령이 되는데요?

나는 한쪽 끝이 더 올라간 것처럼 보이는 입술을 빤히 쳐다보았다. 김 약사가 입을 열었다.

—그것도 몰라?

—모를 수도 있죠.

—헛살았네. 헛살았어.

—그래서 언제 유령이 되는데요?

—그걸 내가 어떻게 알아. 가방끈만 길었지 헛똑똑이네.

낄낄대는 웃음소리를 들으며 나는 입술 안쪽을 지그시 깨물었다. 김 약사의 수다는 덤이라기보다 악재에 가까웠다. 언젠가 반드시 걸려 넘어질 돌부리나 다름없었다.

—어서 오세요.

종이 울리고 모시 한복을 입은 할아버지가 지팡이를 짚으며 자동문으로 들어왔다. 김 약사는 할아버지를 보자마자 반색했다.

—오늘은 어떻게 오셨어요?

—걸어서 오지 어떻게 오겠어.

김 약사가 웃는 소리를 들으며 할아버지가 내미는 처방전을 받아 리더기로 찍었다. 약국은 항상 바쁘다기보다 돌발적으로 일이 몰리는 경우가 많았다. 연이어 들어오는 손님에게 처방전을 받아서 입력하고 있자니 조가 돌아왔다. 조는 손님을 상대하는 틈틈이 도매상에서 두고 간 상자에서 일반약을 꺼내 정리했다.

영업 담당인 조는 매장 안에 진열된 모든 상품의 재고를 관리했다. 바깥쪽 여닫이문과 가까운 책상 컴퓨터에는 항상 도매상 사이트가 떠 있었다. 주문을 넣으면 정기적으로 도매상에서 배달이 왔다. 조제실 쪽 컴퓨터에도 도매상 사이트가 떠 있어서 김 약사가 간간이 주문을 넣었다. 나는 아직 EDI 프로그램만 사용했지만 조만간 도매상에서 약 주문하는 법을 배우게 될 듯싶었다. 아마도 조가 헛수고가 아니라고 생각할 때에.

조제가 일단락될 즈음 프로그램으로 약 이름을 검색했다. 아직 약 이름이 눈에 익지 않아서 조회해봐야 위치를 알 수 있었다. 조가 명세표를 힐끔 보더니 조제약 중에 절반을 가져갔다. 커튼이 셔츠를 훑는 소리가 가볍게 귀를 스쳤다.

모시 한복을 입은 할아버지는 다른 손님이 다 나갈 때까지 소파에 앉아 있었다. 김 약사가 할아버지 약을 봉지에 담아 계산대에 올리고 말을 걸었다. 나는 조제실에 들어가 남은 조제약을 정리하고 수납함을 확인해서 약을 채웠다.

매장으로 돌아와 전날 처방전을 확인하기 시작했다. 총건수와 실제 처방전 개수가 일치하는지, 상태가 모두 완료인지, 시간외조제가 순서대로 정렬되어 있는지 매일 맞춰봐야 했다.

— 새로 왔나 봐?

처방전과 모니터를 번갈아 보다가 뒤늦게 내 얘기인 줄 알았다. 모시 한복을 입은 할아버지가 나를 빤히 쳐다보고 있었다.

— 성이 뭐야?

우물쭈물하는데 김 약사가 냉큼 양 씨라고 알려주었다.

— 그럼 양 양이네. 양 양?

나는 배시시 웃어주고 바쁜 척 손에 든 처방전으로 고개를 푹 숙였다. 할아버지가 조의 성을 묻자 이번에도 김 약사가 망설임 없이 대답했다.

— 조 씨야? 풍양 조 씨? 그럼 조 가네.

할아버지가 말꼬리를 세게 발음하자 김 약사가 경망스럽게 웃었다. 미간을 찌푸린 걸 아무도 알아채지 못하기를 바랐는데 조의 시선이 잠시 닿았다 떨어졌다.

— 여기도 많이 좋아졌어. 예전에는 진등포라고 불렀거든. 진흙이 많다고 해서. 장화가 없으면 걸어 다니기 힘들

정도였어.

— 여기 토박이시죠?

— 토박이지. 저기 강남까지 한강 일대가 다 영등포일 때부터 살았어. 덩치가 커지니까 나중에 관악구가 떨어져 나가더라구.

— 그때 재미 좀 보셨겠어요?

— 운이 좋았지. 김 약사도 여기 오래 있었잖아. 건물이라도 한 채 사지 그랬어.

— 제가 무슨 돈이 있어서 건물을 사요. 집 한 채 사기도 바빴어요.

계산대를 사이에 두고 정부의 부동산 정책에 대해 갑론을박하는 모습이 사뭇 즐거워 보였다. 나는 처방전을 한 장 넘겼고 실수를 알아챘다. 평일은 오후 6시, 토요일은 오후 1시부터 시간외조제라고 해서 자동으로 가산금이 붙었다. 플라워 약국에서는 시간에 상관없이 가산금을 받지 않았다. 시간외조제로 입력되면 일반조제로 변경해서 계산해야 하는데 그걸 하지 않았다. 나는 손님을 힐끔 보고 처방전을 옆으로 빼놓았다.

— 시장 쪽이 워낙 흥했잖아. 불빛이 밤새 환했다구. 언제부터인가 상권이 줄어들더니 그거 생기고 나서 확 고꾸

라졌지. 타, 타…… 역 앞에 그 타, 뭐였더라…….

— 타임스퀘어 말씀이시죠?

— 그래. 나이가 들면 자꾸 깜박깜박해.

— 아직 정정하신데요 뭘.

할아버지가 예전 같지 않다면서 허허허 웃었다.

— 재개발하고 아파트 단지 들어서니까 살기 좋아졌어. 여기가 시장이랑 구청 딱 가운데라 위치가 어중간했는데 전화위복이 됐지.

— 손님들도 점잖아졌어요. 예전엔 건달들도 많았는데.

— 유리방 때문에 그렇지. 아직도 거기 있지 않아. 타, 타…….

— 타임스퀘어. 곧 재개발한다고 그러던데요.

— 몇 년째 말뿐이야.

— 이번에는 진짜 같아요. 유리방 회장이 재개발 추진위원회더라고요.

처방전을 보는 척하며 유리방을 검색했다. 성매매라는 단어가 제목에 포함된 뉴스들이 떠서 얼른 Alt와 F4를 눌러 브라우저를 닫았다. 타임스퀘어에서 친구와 자주 약속을 잡았다. 영화를 보고 점심을 먹고 차를 마시고 쇼핑몰을 구경하며 종일 놀다 오고는 했다. 창으로 내다보이는 거리에 집창촌이 있을 줄은 몰랐다. 나는 옆을 돌아보았다. 조가 도매상에 주문을 넣는지 컴퓨터 앞에 앉아서 마우스를 클릭하고 있었다. 무심해 보이는 그가 부러웠다. 나는 조를 흉내 내 아무것도 듣지 않은 것처럼 전날 처방전을 고무줄로 한데 묶었다.

할아버지와 김 약사의 대화는 다시 정부의 부동산 정책에 대한 험담으로 돌아갔다. 비슷한 이야기가 반복된다 싶을 때 다른 손님이 들어왔다. 할아버지가 일어나 약값을 계산하자 김 약사는 고개를 꾸벅이며 배웅했다. 다른 손님까지 돌아가고 매장이 비었을 때 김 약사가 나를 돌아보며 말했다.

— 땅부자 할아버지가 얼마나 짠돌인 줄 알아?

김 약사는 모시 한복을 입은 할아버지를 땅부자라고 칭했다.

— 병원은 꼭 보건소만 다니고 약값이 백 원만 틀려도 얼마나 따지고 드는지 몰라. 보건소가 여기서 가깝지도 않잖아. 약값 아끼겠다고 처방전을 가지고 이 더위에 걸어서 여기까지 온다니까. 일반약은 그렇다 쳐도 조제약 가격은 마음대로 바꿀 수 없는데도 그러잖아. 보통 짠돌이가 아니야.

손바닥 뒤집듯이 태도를 바꾼 김 약사에게 새삼 놀랐다.

만나기만 하면 함께 시시덕거리던 사람을 정말 손님으로밖에 여기지 않는구나 싶어서. 내가 퇴근하고 나면 조에게 내 험담도 하지 않을까 하는 합리적인 의심이 들었다.

— 그 나이 먹고 그 정도 돈이 있으면 편하게 살지, 에휴. 어떻게 생각해, 양 양?

김 약사는 땅부자 할아버지가 부른 호칭이 마음에 든 모양이었다. 호칭은 상호 간에 합의가 필요하지만 김 약사는 내 허락을 구하지 않았다.

— 어르신들이 곧잘 그러시잖아요. 절약이 몸에 배어서 그렇겠죠.

원하는 답이 아니었는지 김 약사의 시선이 조에게로 옮겨 갔다.

— 어떻게 생각해, 조 부장?

— 글쎄요…….

조는 모니터에서 눈을 떼지 않은 채 말꼬리를 흐렸다. 김 약사는 원하는 답을 들은 것처럼 땅부자 할아버지에 대한 뒷담화를 이어갔다. 모호함이 대답이 될 수도 있구나. 나는 다음에 조처럼 말해야겠다고 다짐했다. 글쎄요…… 그동안 정말 간을 보고 있었냐고 물어보면 또 말꼬리를 흐릴까.

— 내일 출근할 때 제과점에 들러서 식빵 사 와. 돈은 서랍에서 가져가고.

문득 생각이 났는지 김 약사가 나를 돌아보며 말했다. 계산대 안쪽 서랍에 딱 식빵 한 봉지를 살 만큼의 간식비가 들어 있었다. 조가 옥수수식빵을 사 오던 날 서랍에서 돈을 꺼내고 영수증을 넣어두며 알려주었다.

— 우유식빵으로 사 와야 돼.

김 약사가 신신당부했다. 조는 옥수수식빵을 좋아하고 김 약사는 우유식빵을 좋아하고. 혜는 치아바타를 발사믹 소스에 찍어 먹는 걸 좋아했다. 나도 앙버터라든가 오후 3시면 품절되는 크루아상을 찾아다니며 먹고는 했는데 이제는 호빵이라도 상관없었다. 깔끔한 단맛과 진득한 단맛을 구분하던 때가 아득했다. 파란색 문 너머에 몰티즈가 앉아 있던 가게에서 혜는 또 브라우니를 주문했을까. 썰물처럼 물러가던 그리움이 되돌아와 무릎을 쳤다.

좋은 기억과 나쁜 기억 중 어느 쪽을 더 잘 잊어버릴까?

혜의 질문에 나는 좋은 기억이라고 대답했다. 선사 시대에는 위험한 순간을 오래 기억해야 생존에 유리했으며, 인간의 유전자는 선사 시대로부터 조금도 달라지지 않았다는 글을 읽은 적이 있었다. 고개를 끄덕이던 혜가 말했다.

바다에 가자. 죽지 않기 위해서는 나쁜 기억이 중요할지 몰라도 살기 위해서는 좋은 기억이 필요해.

하얀 눈썹을 찡긋거리듯 밀려오는 파도. 수평선 위에 풍성하게 부풀어 오른 구름. 습한 바람에 헝클어지는 머리. 백사장에 선명하게 찍힌 발자국. 향기로운 차와 달콤한 케이크…… 그리움이란 시공간을 복기하는 행위이다. 그의 표정과 목소리만이 아니라 공기의 감촉과 향기까지 모조리 끄집어내 되새김한다. 복기를 끝내는 순간 이별이 완성되겠지만 나는 여전히 썰물 속에 다리를 묻은 채 서성이고 있었다.

—양 양.

네, 라고 대답하려고 했는데 네에에, 라고 목소리가 떨려 나왔다. 김 약사가 박장대소했다.

— 양 양이라고 불러서 삐졌어? 왜 양 울음소리를 내고 그래?

—아닌데요.

—아니긴 뭐가 아니야. 삐졌네, 삐졌어.

김 약사가 낄낄대며 웃었다. 목이 잠겨서 네가 네에에로 된 거지 매애애처럼 들려도 매애애가 아니라고 말해도 믿어줄 것 같지 않았다. 나는 입을 삐끔거리다가 천장의 조명을 쳐다보았다. 해를 정면으로 볼 때처럼 이마가 간질간질했다. 광반사 재채기 증후군이라는 이름을 알기 전까지는 내가 과민하다고 생각했었다. 어떤 증세에 이름이 붙었다는 건 유의미한 통계가 생겼다는 뜻이다. 나 혼자만의 경험이 아니고 드문 일도 아니라는 의미이기도 했다. 혜가 가르쳐준 건 그런 것들이었다. 나는 숨 쉬는 법부터 다시 배운 기분이 들었다. 혜를 만나기 전에는 아마 물고기였을지도 모른다. 이별이 진행되는 지금 도로 물고기가 되어버렸는지도. 할 말이 목구멍 안에 고인 채 빠져나오지 못했다.

재채기를 하기 전에 그만 고개를 숙였다. 히죽거리는 김약사 너머로 조가 보였다. 가만히 응시하는 시선이 구명선 같아서 옆에 따로 빼놓았던 처방전을 깃발처럼 흔들었다.

—어떡하죠?

조가 기다렸다는 듯이 일어나 내 자리로 다가왔다. 한 손으로 계산대를 짚으며 허리를 숙인 조에게 나는 손을 휘저어가며 설명했다. 어제 실수로 한 명에게 가산금을 붙여서 계산했다고 하자 조가 해결책을 제시했다.

— 메모해뒀다가 다음에 오실 때 환불해드리세요. 자주 오시는 분이네요.

조가 가르쳐주는 대로 메모를 입력하면서 이대로 흐지

부지 넘어가기를 바랐지만 김 약사는 그럴 생각이 없어 보였다. 웃음을 멈춘 김 약사가 안경을 밀어 올리며 나를 불렀다.

— 양 양?

대답하는 순간 앞으로 내 호칭은 '양 실장'이 아닌 '양 양'으로 굳어지리라 확신했다. 마침 쟁반을 든 남자가 여닫이문을 밀고 들어와 대답을 피할 수 있었다. 조가 신문지를 덮은 쟁반을 받아 드는 동안 나는 벌떡 일어나 조제실로 들어갔다. 창고에서 플라스틱 의자를 두 개 꺼내 테이블 앞에 나란히 두고 손을 씻었다. 조가 공깃밥을 온장고에 넣고 돌아와서 신문지를 벗겼다.

— 장마철이 지나면 손님이 줄 거예요. 원래 여름이 비수기거든요.

조는 식사하는 속도가 빠른 편이었다. 항상 나보다 먼저 숟가락을 내려놓고 먼저 일어섰다. 조가 밥 먹는 속도를 따라가보려다가 한 번 체한 뒤로는 무리하지 않기로 했다.

— 같이 일하던 직원이 그렇게 술을 좋아하는 거예요. 적당히 마시면 좋을 텐데 너무 자주 마셔서 걸핏하면 지각에 결근에…… 약사님이 몇 개월을 참다가 결국 해고했거든요. 그런데 며칠 안 돼서 그 직원이 맞은편 약국에서 일

하더라고요. 약사님이랑 얼마나 웃었는지 몰라요.

간간이 맞장구치기는 했지만 조의 이야기를 건성으로 흘려들었다. 김 약사가 또 양 양이라고 부르면 뭐라고 대답할까. 정답은 이미 알고 있었다. 그대로 하고 싶지 않을 뿐이다. 아는 대로 순순히 행해왔다면 정리해고당하는 시기가 2년은 늦어졌을지 모른다.

— 유령이라서 그래요.

내가 남은 밥알을 긁어모으고 있을 때 조가 말했다. 오늘따라 말이 많다 싶더니 이제야 빈 공기에 뚜껑을 씌우고 있었다.

— 유령이니까 그렇게 울 수도 있죠. 매애애, 하고요.

조가 덤덤한 표정으로 양 울음소리를 흉내 냈다. 네에서 네에에로 다시 매애애로 넘어간 과정을 설명하려다 그만두었다. 나는 밥알을 잘근잘근 씹어 삼키고 대꾸했다.

— 부장님은 안 울잖아요.

— 저도 우는데요.

— 부장님이요? 한 번도 못 봤는데요.

— 제가 우는 방법은 다르거든요.

— 어떻게 우는데요?

— 글쎄요…….

— 네?

— 글쎄요오오, 하고 울어요.

내가 빤히 쳐다보자 조가 어깨를 으쓱했다. 농담 같기도 하고 진담 같기도 했다.

— 유령이니까?

— 유령이니까.

농담이라도 좋았고 진담이라도 좋았다. 말 뒤에 숨은 호의가 다정하게 다가왔다. 쟁반을 바꾸고 조는 조제실을 나갔다. 오전에 바쁘게 움직였는지 셔츠 등 부분이 구겨져 있었다. 뒤이어 들어온 김 약사가 양치질을 하고 있는 나에게 말했다.

— 양 양, 빵 사고 사업자 지출 증빙 영수증 받아 와.

— 네에…….

김 약사가 피식피식 웃으면서 플라스틱 의자에 앉았다. 말꼬리 뒤에 감추어둔 울음소리는 알아채지 못했다. 유령이 되어서 나쁜 점만 있는 줄 알았더니 좋은 점도 있구나. 유령은 네에에에에, 하고 울 수 있다. 글쎄요오오, 하고 울 수도 있고. 조에게 이런 질문도 할 수 있었다.

— 옥수수식빵 좋아하세요?

조는 내가 무슨 얘기를 하는지 금세 알아차리고 한쪽 눈을 찡그리며 대답했다.

— 제과점에 갔더니 마침 할인하길래 사 온 거예요. 국장님이 우유식빵만 고집하시는 줄 몰랐죠.

— 그럼 우유식빵도 상관없는 거죠?

— 상관없어요. 식빵 맛이 거기서 거기죠.

나는 웃었다. 영문도 모르고 조가 따라 웃었다. 7시가 되어 퇴근하면서 오랜만에 집에 돌아가는 느낌이 들었다. 그건 이를테면 보도블록에 대한 신뢰 같은 것이었다. 비 오는 날 떠오른 보도블록을 밟아 물웅덩이에 빠질 걱정 없이 발을 내디딘다. 경로가 분명해지기 전에는 발을 떼어보지도 못했다. 어디를 밟아야 물에 빠지지 않을지 알 수 없어 방황하는 점 하나.

지도 앱을 확인하지 않고 몸에 밴 습관만으로 집에 돌아왔다. 내일은 제과점에 들러야 하니까 잠깐 경로를 이탈하겠지만 분홍색과 노란색 꽃 그림 간판을 내건 약국에 내 자리가 있다는 사실은 변하지 않았다. 반복되는 하루가 예측 가능한 일상을 만든다. 예측 가능한 일상이 선사하는 평온이 얼마나 그리웠는지 모른다.

매애애, 하고 울어보았다. 유령이라서 그런지 별로 어렵지 않았다.

0.3

숫자를 대할 때는 막대기 위에 공을 올리듯이 조심스러워진다. 융통성이라고는 조금도 없이 논리적이기 때문이다. 그동안 엑셀에 너무 의지한 탓일까. 왜 자꾸 셈이 틀리는지 모를 일이었다.

*

코르사주가 달린 모자를 쓴 할머니가 보행보조기를 밀고 들어왔다. 뚜껑을 젖힌 이동장 안에 노란색 옷을 입은 갈색 털의 푸들이 앉아 있었다. 조가 개를 물끄러미 보더니 물었다.

— 이름이 뭐예요?

— 김순자.

개 이름을 물었는데 할머니가 자기 이름을 말했다. 조가 고개를 끄덕이고는 다시 물었다.

— 강아지 이름은 뭐예요?

— 초코.

— 초코. 예쁘네요, 강아지가.

할머니는 가타부타 말이 없었지만 짐짓 기분이 좋아 보였다. 초코는 이동장에 앞발을 걸친 채 고개를 휘휘 저으며 사방을 둘러보았다. 행복해 보였다. 다른 말로는 설명되지 않았다. 근심 걱정 없이 사랑을 듬뿍 받고 자란 아이의 표정이었다. 개는 색을 구분할 수 없어 흑백으로 본다는데, 그 세상이 지금 내 눈에 비친 세상보다 찬란하게 빛날 것 같았다.

조가 리더기를 들고 할머니에게 받은 처방전을 직접 입력했다. 단과병원 처방전은 내역이 다섯 줄을 넘기지 않는 편인데, 종합병원 처방전은 열 줄을 넘는 경우가 종종 있었다. 조는 종합병원 처방전은 아직 이르다며 나에게 맡기지 않았다.

— 국장님께 갖다드리세요.

처방전을 가지고 조제실로 들어가며 약 이름을 보았다. 첫 줄에 '나'로 시작하는 약이 적혀 있었다.

채용 공고에는 전산원을 구한다고 되어 있었지만 며칠 일해보니 조제를 보조하는 시간이 더 길었다. 아침에 오면 조제대 아래 서랍에서 포지라고 부르는 약 포장지부터 꺼내 주걱에 끼워놓았다. 약국 이름이 찍혀 있는 일반 포지는 사용하는 빈도가 가장 높았다. 아침과 저녁 포지는 한 번에 대량으로 많이 쓰이는 편이었다. 코르사주가 달린 모자를 쓴 할머니의 처방전이 그런 경우였다. 조제대에 아침과 저녁 포지가 각각 다섯 줄씩 펼쳐져 있었다.

— 양 양, 거기 약 까서 컵에 담아.

김 약사는 여전히 나를 양 양이라고 불렀다. 처음에는 부를 때마다 키득거리더니 이틀도 지나지 않아 심드렁해졌다. 부르기 쉬워서 입에 붙었는지 호칭은 그대로였지만 놀리려는 의도가 사라지자 듣기에 크게 거슬리지 않았다.

나는 캡슐 약을 하나씩 손으로 눌러 플라스틱 컵에 떨어뜨렸다. 처음 약을 까던 날은 알루미늄 포장지가 손톱 밑으로 파고들어 피가 났다. 조가 손톱이 벌어지지 않게 반창고를 붙여주었다. 김 약사가 실리콘으로 된 골무를 줘서 이제 다칠 걱정 없이 포장을 벗길 수 있었다. 도중에 잘못 눌렀는지 찌그러진 캡슐을 집어 들자 김 약사가 다급하게 말했다.

— 펴지 마. 펴다가 잘못하면 찢어져. 그대로 둬.

들었던 약을 도로 내려놓고 플라스틱 컵을 옆으로 밀었

다. 다른 플라스틱 컵을 가져와 일곱 개씩 포장된 정제약을 까기 시작했다. 컵을 벗어난 약이 조제대를 굴러 바닥으로 떨어졌다.

— 먼지만 털어내. 입으로 불지 말고. 침 튀니까.

오므렸던 입술을 안으로 말아 넣고 약의 표면을 손가락으로 훑어낸 다음 플라스틱 컵에 담았다. 김 약사가 컵을 가져가 빠르게 약을 주걱에 늘어놓았다.

— 일곱 개 맞는지 확인해봐.

김 약사가 아침 약 개수를 확인하고 내가 저녁 약 개수를 확인했다. 주걱을 기울여 포지에 담는 건 김 약사가 했다. 나는 접착기를 이용해 포지를 밀봉했다. 한 줄을 내리고 또 한 줄을 올리다가 안쪽 열선에 손이 닿아 뜨끔했다. 김 약사는 다음 처방전을 옆에 두고 포지를 씌운 주걱을 늘어놓았다. 밀봉한 약을 비닐봉지에 담아 나가자 조가 말했다.

— 어르신들은 귀가 어두워서 잘못 들을 때가 종종 있어요. 약을 잘못 가져가지 않게 이름 부르고 나서 꼭 생년월일을 확인하세요.

나는 조가 시키는 대로 처방전에 적힌 이름을 불렀다.

— 김순자 님.

목소리를 높여가며 거듭 부르고 나서야 코르사주가 달린 모자를 쓴 할머니가 보행보조기를 밀며 다가왔다. 할머니의 생년월일을 확인하고 약값을 결제했다. 김 약사가 복용법을 설명해주고 바쁘게 조제실로 돌아갔다. 할머니는 갈색 푸들을 태운 보행보조기를 밀며 약국을 나갔다. 초코가 혀를 내밀고 헐떡거리는 모습이 웃고 있는 것처럼 보였다.

— 약 이름은 눈에 익었어요?

마지막 손님이 나가고 조가 다가왔다.

— 조금은요.

마법 주문 같았던 레보프라이드나 록사트론이 정형외과에서 처방한 약이라고 짐작할 정도로 익숙해졌다. 조는 어제 자 처방전을 꺼내서 약 이름 옆에 적혀 있는 숫자를 손으로 짚었다.

— 이건 일 회 투여량이고, 이건 일 일 투여 횟수, 이건 투약 일수예요. 일, 삼, 삼이면 약이 몇 개 필요할까요?

— 아홉 개?

— 맞아요. 한 알씩 하루 세 번, 사흘간 먹는 거죠. 일, 이, 삼이면 몇 개 필요할까요?

— 여섯 개요. 하루에 두 번 먹는 건가요?

— 네, 이해가 빠르네요.

오랜만에 칭찬이라는 걸 받아봤다. 기쁘다기보다 안도감이 들었다.

투여일이 한 달 이상 넘어가면 장기라고 불렀는데 조제하는 약의 종류가 많은 편이었다. 김 약사는 장기처방전이 들어오면 나에게 미리 약을 찾아 꺼내놓도록 했다. 작은 통에 든 약은 포장을 뜯어놓기만 해도 되지만 큰 통에 든 약은 필요한 개수만큼 세어서 플라스틱 컵에 담아야 했다. 30이나 60처럼 10 단위로 떨어지는 숫자는 틀린 적이 없는데 45라든가 48처럼 끝자리가 달라질 때 실수를 했다. 두 번 그렇게 틀리고 났더니 이제 숫자만 보면 외국인처럼 소통이 어려워지는 기분이 들었다. 그나마 다행인 건 40을 넘어가지만 않으면 통역에 무리가 없다는 점이었다. 김 약사가 마지막에 한 번 더 확인하니까 안심하는 구석도 있었다.

처방전을 한 장 넘기고 다음 처방전을 가리키는 조의 손가락에서 하얀 띠를 발견했다. 약지였다. 반지를 끼면 딱 들어맞을 자리였다. 모래사장에 선명하게 찍힌 발자국처럼 작은 점이 거기 놓여 있었다. 나는 빈 손목을 문질렀다. 영원을 기대한 흔적이 흐려지고 있었다.

— 이건 약을 반만 넣는 거예요. 알고 있죠?

— 네, 알아요.

조가 0.5에서 손을 떼고 처방전을 또 한 장 넘겼다. 이번에는 0.33333이라는 숫자가 나타났다. 조가 손가락을 움직여 병원명을 짚었다. 소아과였다.

— 애들 약을 이런 식으로 처방하는데 대부분 가루약이에요. 가루약 조제는 국장님이 알아서 하실 테니까 시키는 대로만 하세요.

조와 다르게 김 약사는 일을 미리 가르치지 않았다. 당장 해야 할 일만 지시했는데 하다 보니 조금씩 요령이 붙었다. 아침에 오면 포지를 주걱에 끼우는 일뿐 아니라 수납함에 약을 채우는 일 역시 도맡아 했다. 매일 사용하는 약 중에 개별 포장이 되어 있는 건 수납함에 일정량 까두었다. 1회 투여량을 0.5로 처방하는 약은 하루 평균 사용량보다 조금 넘치게 반으로 잘라놓았다. 오전에 손님이 몰리니까 점심시간이 끝날 즈음 수납함을 한 번 더 채워놓았다. 오후 2~3시가 그나마 한가한데 오늘은 유독 소아과 처방전이 많이 들어와 쉴 틈이 없었다.

— 양 양, 분쇄기 꺼내.

내가 정제약을 분쇄기에 가는 동안 김 약사는 캡슐을 비틀어 안에 든 가루를 삼등분했다. 가루약은 숫자를 세지 않는 대신 품이 많이 들었다. 분쇄기를 청소하기 전에 또 가루약 처방전이 들어와 유발을 사용했다. 약을 유발에 넣고 유봉으로 갈아내는데 콩콩콩 바닥을 두드리거나 드르륵드르륵 바닥을 긁는 소리가 듣기 좋았다. 김 약사가 가루약을 담은 포지를 접착기로 밀봉하는 동안 나는 서랍에서 빈 시럽병을 꺼냈다. 겉면에 투여량과 투여 횟수를 적고 총투여량보다 넉넉하게 시럽을 담았다. 김 약사가 손님에게 복용법을 안내할 동안 나는 조제실에서 분쇄기와 유발에 남은 가루를 스펀지로 털어냈다. 조제대 위를 젖은 걸레로 한 번 닦고 마른 걸레로 다시 한번 닦는 것으로 정리가 끝났다.

이제 좀 앉아보나 했더니 종이 울렸다. 바깥쪽 여닫이문으로 양복을 입은 남자가 들어와 발기부전 치료제를 대량으로 주문했다.

— 케이스 빼고 드려.

내가 발기부전 치료제의 케이스를 벗기는 걸 보고 조가 와서 도왔다. 계산대 위에 종이 케이스가 수북이 쌓였다. 남자는 약을 가방에 챙겨 넣고 청구 금액의 절반만 계산했다. 나는 김 약사가 시키는 대로 프로그램에 미수금을 메모했다.

양복을 입은 남자가 나가고 뒤이어 젊은 여자가 들어와 처방전을 내밀었다. 조가 다이어트 약이라고 알려주었다. 가짓수가 꽤 되는 데다 보험이 적용되지 않아서 약값이 비싸게 나왔다. 김 약사가 먼저 조제실로 들어갔고 나는 뒤이어 들어온 손님의 처방전을 입력한 다음 조제실에 들어갔다.

— 치과 삼 일이요.

김 약사는 다이어트 약을 조제하는 손을 멈추지 않은 채 나에게 지시했다.

— 처방전 보고 그대로 해봐.

나는 치과 처방전을 가지고 들어와서 배운 대로 약 주걱을 늘어놓았다. 포장을 까거나 숫자를 세는 일만 했지 직접 조제를 해보기는 처음이었다. 끝났다고 알리자 김 약사가 고개를 돌려 확인했다.

— 밀봉해.

치과 약에 이어 다이어트 약까지 밀봉하는 것으로 밀린 조제가 끝났다. 김 약사는 약봉지를 들고 조제실을 나갔다.

식사할 때를 제외하고 온종일 서 있었더니 슬리퍼가 꽉 끼는 느낌이 들었다. 다리를 번갈아 꾹꾹 누르며 스트레칭을 하는데 창고에서 나오던 조가 보고 웃었다. 나는 머쓱해져서 스트레칭을 그만두고 조제대 위를 정리했다. 조가 다가오더니 다이어트 약 중에 몇 개를 한데 모으며 말했다.

— 향정신성의약품이라고 우울증 치료제라든가 식욕억

제제 같은 건데, 향정약은 따로 모아두는 데가 있어요. 보건소에서 관리하기 때문에 달마다 재고 조사를 해서 실재고를 맞춰놔야 해요.

또 숫자였다. 나도 모르게 한숨을 쉬고 말았다.

— 배워야 할 게 너무 많네요.

— 처음 한 달은 정신없지만 금방 익숙해져요. 두 달 하면 다르고, 석 달 하면 또 다르거든요. 조급해하지 마세요.

핸드폰 벨 소리가 울렸다. 조는 향정약을 모아두는 데를 가르쳐준 다음 서둘러 조제실을 나갔다. 벨 소리가 조를 따라갔다.

약 정리를 마치고 조제실을 나왔을 때 매장에는 김 약사밖에 없었다. 몇 시간 동안 화장실에 가지 못했다는 사실을 떠올리자 갑자기 소변이 마려웠다. 안쪽 여닫이문을 열고 복도로 나갔다. 왼쪽으로 꺾어서 조금 걸어가면 화장실이 있었다.

손님이 없을 때 잠깐씩 딴짓을 하기는 했지만 고정된 휴식 시간은 주어지지 않았다. 나는 변기에 앉아 커뮤니티 게시글을 몇 개 보고 나서 물을 내렸다. 손을 씻고 나오는데 상가 건물 옆 출입문으로 귀에 익은 목소리가 들렸다. 슬쩍 고개를 내미니 등이 구겨진 짙은 색 셔츠가 보였다. 조가 두 손으로 핸드폰을 감싼 채 보이지 않는 상대를 향해 머리를 조아리고 있었다.

— 안 갚겠다는 게 아니잖아요. 기다려달라는 거지. 이제 월급 받으니까…….

여기도 숫자였다. 더 들으면 안 될 것 같아서 나는 얼른 약국으로 향했다.

— 뭐 이렇게 오래 걸려?

내가 매장에 들어가자마자 김 약사가 핀잔을 주었다. 문득 조의 사정을 김 약사가 알고 있겠다는 생각이 들었다. 그러니 수시로 자리를 비워도 뭐라 하지 않는 거겠지. 몰랐다면 틀림없이 한 소리 하고도 남을 사람이었다. 김 약사가 흰 가운을 벗어서 의자에 걸쳐놓고 방금 내가 들어온 여닫이문을 밀고 나갔다. 나는 조제실 쪽 내 자리에 앉아 텅 빈 매장을 둘러보았다.

약국에 혼자 있기는 처음이었다. 손님이 없어도 김 약사가 떠들거나 조가 상품을 정리하는 소리가 끊이지 않았는데 아무도 없으니 매장이 고요했다. 공백의 시간에 들어찬 썰물이 발목을 적셨다.

인도-아라비아 숫자에서 가장 중요한 숫자가 뭔지 알아?

3이라고 대답했던 것도 같고 7이라고 대답했던 것도 같았다.

0이야. 인도에서는 신이 아무것도 없는 0에서 태어났다고 봤거든. 그리스에서도 0을 발견했지만 신의 존재를 부정하는 숫자라고 해서 받아들이지 않았어. 0만 인정했다면 그리스 숫자라고 부르게 됐을지도 모르지.

혜는 책을 많이 읽었다. 주로 소설과 인문학 서적이었다. 나는 혜가 선택한 책을 같이 읽기 시작했다. 독립영화를 찾아보고 전시회를 관람했다. 풍족한 문화생활에는 돈이 들었다. 혜의 취향을 쫓아가기 버거웠지만 성장의 기쁨이 생활의 결핍을 충족해주었다. 나의 20대는 그를 빼놓으면 성립하지 않았다. 혜라는 창을 통해 온전히 세상을 바라본 시기이기도 했다. 다만 수학만큼은 내가 이해하기 어려운 언어였다.

어떻게 아무것도 없는 여백에 0을 놓아둘 발상을 했을까.

혜는 딱 한 번 방정식에 매료된 적이 있다고 했다. 여백에 0을 더한 다음 0을 다시 +1과 -1로 바꾸는 풀이법이 인상적이었다고. 그 한 번의 경험이 수학을 싫어한다고 말할 수 없게 만들었다고. 혜가 되풀이해서 풀이법을 설명해줘도 나는 그의 방식으로 수학을 좋아할 수 없었다. 대신 호수 위에 투명한 집을 세웠다.

눈을 감는다. 눈꺼풀 안쪽에 펼쳐진 어둠 속에서 풍등을 하나 띄워 올린다. 흔들리는 불빛을 따라 잔잔한 호수가 드러난다. 호수 위에는 보이지 않아도 분명히 존재하는 투명한 집이 있다. 풍등을 연이어 띄워 올린다. 꽃이 흐드러지게 핀 것처럼 불빛이 수면을 가득 메운다. 0이 사라지고 투명한 집이 선명해진다. 물 위의 집과 수면을 맞대고 물속에 거꾸로 선 집이 나타난다. 똑, 똑똑, 똑똑똑, 똑똑…… 노크 소리에 눈을 떴다.

—삼일은 삼.

호수도 풍등도 수면을 맞대고 선 집도 모두 사라졌다. 아이의 목소리가 이어졌다.

—삼삼은 구.

문이 열리는 걸 미처 보지 못한 모양이었다. 중앙의 두 진열대 사이에 아이가 쪼그리고 앉아 있었다. 장난감 달린 비타민 앞이었다.

—삼칠에 이십일.

보호자는 없었다. 아이를 먼저 보내고 다른 볼일을 보고 오는 경우도 가끔 있어서 기다리기로 했다. 아이의 목소리를 들으며 나도 모르게 같이 구구단을 읊조렸다. 도중에 혀가 걸리는 느낌이 들었다. 구구단을 끝까지 외우고 일어선 아이가 손에 뭔가 쥐고 있었다. 조라면 장난감 달린 비타민이 원래 몇 개였는지 파악하고 있을 테지만 나는 아니었다.

—중간에 틀렸어.

나는 아이를 불러 세웠다. 아이는 뒤돌아서서 그제야 나를 발견한 것처럼 눈을 깜박였다. 한쪽 손은 여전히 꼭 쥔 채였다.

—어디서요?

—팔 단에서.

아이는 스스럼없이 내 쪽으로 다가왔다. 장난감 달린 비타민을 감추기에 아이의 손은 너무 작아 보였다.

—안 틀렸는데요.

—틀렸어.

—안 틀렸어요.

—틀렸어. 팔육에 사십팔이라고 했잖아.

아이가 끝까지 자기가 맞는다고 우겨서 결국 내가 지쳐 백기를 들었다. 아이가 씨익 웃는 얼굴을 보니 분한 마음이 들었다.

—어른이 구구단도 몰라요.

네 눈에는 다 어른이겠지. 나이를 먹었다고 다 어른은 아니지만 어른이 아니라고 하기에는 먹은 나이가 민망해서 다른 핑계를 댔다.

— 유령이라서 그래.

아이가 한 걸음 뒤로 물러났다. 설마 유령을 무서워하는 걸까. 농담이었다고 말하기 전에 아이가 한 걸음 앞으로 왔다. 제자리로 돌아온 아이가 의심스러운 눈초리로 질문을 쏟아냈다. **하늘을 날 수 있나요? 벽을 통과하는 건요? 거미줄은 쏠 줄 알겠죠?** 유령이 충족해야 할 조건은 어른이 충족해야 할 조건보다 훨씬 까다로웠다. 차라리 민망한 어른이 되는 쪽이 나을 뻔했다. 번번이 고개를 저었더니 아이가 또 씨익 웃었다.

— 할 줄 아는 게 아무것도 없네요.

— 아직 초보 유령이라 그래.

— 언제 유령이 됐는데요?

그러게. 언제부터였을까. 이사 갈 집을 찾으며 라면을 끓여 먹던 때인가. 회사를 폐업한다는 얘기가 들려와 월급을 못 받을까 봐 전전긍긍하던 때인가. 혜의 마지막 메시지에 답장하지 않은 것도 그 때문이려나. 유령이라서…… 나는 팔걸이를 움켜쥐었다.

— 엄마는 언제 오시니?

아이가 까만 눈으로 나를 응시하더니 입을 열었다.

— 언제 유령이 됐는데요?

— 아빠는?

— 언제 유령이 됐는데요?

— 혼자 왔어?

— 언제 유령이 됐는데요?

시간을 되감듯이 같은 목소리와 같은 표정으로 아이는 질문을 반복했다. 그때마다 나는 기억을 더듬어 어느 한 지점을 곱씹고 돌아오기를 반복했다. 부모님에게 보증금으로 사용할 돈을 빌렸을 때, 혜를 마지막으로 만났을 때, 헤어 제품을 납품하는 회사에 취업했을 때, 화장을 그만두었을 때, 덕질을 시작했을 때, 유령을 보았을 때…… 꿈과 현실을 혼동할 나이였다. 한밤의 어둠보다 까만 시선에 꿰인 채 유령이 속삭이는 소리를 들었다. 무슨 말인지는 기억나지 않지만 날카로운 적의는 몸에 남아 침전되었다. 유령을 무서워하던 내가 유령이 되었구나.

— 손에 들고 있는 건 뭐야?

내가 말 돌리는 법 정도는 알고 있는 유령이라 다행이었다. 비로소 시간이 흐른 것처럼 아이의 눈이 흔들렸다.

— 보여주면 저거 선물로 줄게.

하늘을 날거나 벽을 통과하지 못해도 장난감 달린 비타

민은 살 수 있었다. 아이가 마음이 동했는지 둥글게 만 손을 들어 올렸다. 꽃잎이 벌어지듯 엄지 아래로 오므리고 있던 손가락을 천천히 펼쳤다. 손바닥 위에 놓인 물건을 확인하려던 순간 매끈한 것이 이마를 스치며 눈앞이 아찔해졌다.

오후 6시가 되면 간판에 자동으로 불이 켜진다. 약국 규모가 큰 만큼 간판 크기도 커서 불이 들어오면 단박에 티가 났다. 흐리거나 비라도 오는 날에는 간판에 불이 들어오는 순간 문이 하얗게 물들었다가 투명하게 변했다. 덕분에 알람이 없어도 6시라고 알 수 있었다. 환한 불빛을 똑바로 본 탓인지 이마가 간질거렸다.

재채기를 겨우 눌렀을 때 양쪽 여닫이문이 열렸다. 서로 다른 박자로 종이 흔들리는 바람에 귓속에서 소리가 뒤엉켰다. 언제 약국을 나갔는지 아이의 모습은 보이지 않았다. 종소리가 빗소리와 뒤섞여 기묘한 소리를 냈다.

— 손님은 안 왔어?

김 약사는 의자에 걸쳐놓은 흰 가운을 꿰입고 의자에 앉았다. 어린애가 한 명 왔다 갔다고 했더니 조가 비타민 진열대를 살폈다. 조의 색 짙은 셔츠에 빗방울 자국이 선명하게 찍혀 있었다.

— 없어진 건 없네요.

—유령이야. 아직도 저기 있네.

김 약사가 한쪽 입꼬리를 올리며 말했다. 아까 구구단을 외우던 아이가 쪼그려 앉았던 자리를 살펴봤지만 아무것도 보이지 않았다. 유령일 리가 없다, 고 무단횡단을 하는 내가 생각했다. 투명인간일 수도 있다, 고 숨 쉬는 법을 잊은 내가 생각했다. 유령이든 투명인간이든 무슨 상관이냐, 고 생각하는 내가 조를 보았다.

—줄 게 있나 봐. 손 내밀어봐.

김 약사의 말에 조는 가그린이 있는 진열대 앞에 섰다. 손님을 대할 때면 늘 그러듯이 머리를 비스듬히 숙인 다음 팔을 아래로 뻗었다.

—더 숙여야 해.

조는 허리를 더 숙이고 손바닥을 펼쳐 앞으로 내밀었다. 에어컨 바람이 천장에서 조의 머리 위로 떨어졌다. 키가 큰 조의 정수리를 보기란 드문 일이었다. 암갈색으로 염색한 머리카락이 에어컨 바람에 규칙적으로 흔들렸다. 김 약사가 히죽거리며 말했다.

—좋은 거 받았네.

—좋은 건가요?

—좋은 거야. 집에 갈 때 복권이라도 사보든가.

— 그럴까요.

조가 손을 오므리고 일어서더니 성큼성큼 걸어가 컴퓨터 앞에 앉았다. 오므린 손을 펴지 않은 채 반대편 손으로 마우스를 잡아 움직였다. 도매상 배달은 이미 30분 전에 끝났다. 불편해 보이는 자세로 뭘 하는지 궁금했는데 오래 기다릴 필요는 없었다. 김 약사가 서슴없이 질문을 던졌다.

— 뭐 해?

— 토토요.

— 토토?

— 스포츠토토요. 복권이랑 비슷해요.

나는 예전에 보았던 광고를 떠올렸다. 도박 근절 캠페인이었다. 김 약사도 비슷한 생각을 한 모양이었다.

— 그거 불법 아냐?

— 불법은 사설 토토고요, 스포츠토토는 합법이에요. 복권처럼 국가에서 운영하거든요. 오히려 운에만 의지하는 복권보다 훨씬 합리적이죠. 계산이 가능하니까요. 롯데는 요즘 페이스가 좋지만 비 때문에 두 경기나 취소돼서 감이 떨어질 수 있다든가, 한화는 타선이 떨어지는 추세이기는 한데 상대 팀도 비슷한 데다 홈이라는 이점이 있다든가 하는 식으로요. 경기가 항상 예상대로 흘러가지는 않지만요.

조의 말이 길어졌다. 변명하는 것처럼 보이기도 하고 흥분한 것처럼 보이기도 했다. 김 약사가 이죽거렸다.

— 어쩐지 시간만 나면 야구를 본다 했더니 도박하느라 그런 거였어?

— 도박이 아니라 게임이죠. 소액이라도 돈을 걸면 긴장감이 생기거든요. 독과점 체제라 배당률은 형편없지만 어차피 재미로 하는 거라서요.

— 재미로 하는 것치고는 진지하네.

조가 오므린 손을 들어 보이며 대답했다.

— 하도 오랜만이라서요. 행운을 손에 쥔 기분이…… 기념이죠.

자조적으로 들리는 말을 끝으로 조는 입을 다물었다. 모니터를 응시하며 오므린 손으로 마우스를 움직였다. 클릭은 왼손으로 했다. 시간은 오래 걸리지 않았다. 떠들기 좋아하는 김 약사가 말을 걸지 않고 기다려줄 정도였다. 조가 오므린 손을 바지 주머니에 넣었다. 주머니에서 뺐을 때는 빈손을 펼치고 있었다. 김 약사가 물었다.

— 어디에 걸었어?

— 롯데랑 한화요.

— 크게 따면 모른 척하기 없기야.

크게 딸 거라고 믿지도 않으면서 깐족거리는 게 빤히 보였다. 어떤 면에서는 참 투명한 사람이었다. 조가 창고에 들어가자 김 약사의 시선이 나를 향했다.

— 양 양은 안 받아? 양 양한테도 뭐 주려나 본데?

— 저는 이미 받았어요.

— 무엇을?

내가 입만 뻐끔거리자 김 약사가 기다렸다는 듯이 웃었다. 혼자 킬킬대며 웃는 김 약사의 모습이 이제 약 이름만큼 눈에 익었다. 나는 손바닥을 펼쳐보았다. 행운조차 쥐지 못한 빈손이었다. 장난감 달린 비타민을 준다고 했던 약속만 뚜렷하게 떠올랐다. 아이의 얼굴을 기억하지 못하니 의미 없는 약속이었다.

한참 웃은 뒤에 김 약사는 텔레비전을 켰다. 맛집의 비결이라며 특별한 양념장을 만드는 방법을 소개하고 있었다. 조는 우산꽂이 통을 들고 나와 화장품 진열대 옆에 두었다. 7시가 얼마 남지 않았을 때 종이 울렸다. 안쪽 여닫이문으로 꽃무늬 바지를 입은 할머니가 들어왔다. 조는 잽싸게 계산대로 돌아와 뒤쪽 선반에서 판피린을 꺼내 왔다.

— 시간외조제 잘못 계산한 분이에요.

조의 목소리가 나직하게 귓가에서 울렸다. 할머니는 주

머니에서 꼬깃꼬깃한 1000원짜리 지폐와 동전을 꺼내 계산대에 늘어놓았다. 딱 판피린 다섯 개들이 가격만큼이었다. 나는 거기서 동전 세 개를 빼서 돌려주었다.

— 죄송해요. 제가 지난번에 계산을 잘못해서 더 받아버렸어요.

바로 이해를 못 하는 할머니에게 거듭 설명했다. 겨우 내 말을 이해한 할머니가 주름진 얼굴로 활짝 웃으며 고맙다는 말을 반복했다.

— 다음에 내가 종이학 선물할게.

— 괜찮아요. 제가 잘못한 건데요.

— 고마워서 그래. 여기에도 있어. 내가 선물한 거. 그치?

김 약사가 웃는 얼굴로 대답했다.

— 그럼요. 저기 잘 가지고 있어요.

김 약사의 시선을 좇아 기둥을 쳐다보았다. 텔레비전과 비슷한 높이의 선반에 날개를 접은 학이 두 마리 서 있었다.

색종이를 접어서 만든 학이 아니었다. 빳빳한 달력을 잘라 밤톨 크기의 삼각모 모양으로 접어서 그것을 겹겹이 쌓아 올려 형체를 만든 것이었다. 유려한 선을 그리는 긴 목과 동그란 몸통은 접착제로 고정한 듯했다. 두꺼운 철사를 두 겹으로 꼬아 다리를 만들었고 발가락은 세 갈래로 넓게 펼쳐놓아 무거운 몸통을 지탱해주었다. 높이가 거의 팔 길이와 비슷했다. 무게도 제법 묵직해 보였다. 언뜻 봐도 얼마나 공들였는지 알 수 있을 정도였다. 청소하며 날마다 보았을 테지만 손이 닿지 않아 번번이 지나쳐서인지 어느새 까맣게 잊고 있었다.

— 정형외과 약은 다 드신 거죠? 그 약이랑 이거랑 같이 드시면 안 돼요.

— 알았어, 그럴게.

— 에휴, 말씀만 그렇게 하지 마시고요.

— 알았다니까.

꽃무늬 바지를 입은 할머니는 김 약사에게 손을 휘휘 젓다가 판피린을 들고 약국을 나갔다. 나는 EDI 프로그램에 '300원 환불'이라고 입력해놓은 메모를 지웠다.

— 퇴근하세요.

조가 손목시계를 톡톡 두드리며 말했다. 나는 슬리퍼에서 운동화로 갈아 신고 컴퓨터 아래 놓아두었던 에코백을 집어 들었다. 조는 중앙 진열대의 배열이 흐트러진 상품들을 정리하기 시작했다. 나는 조를 지나치다 말고 멈춰 섰다.

— 부탁 하나 해도 돼요?

— 그래요.

— 맞는지 틀리는지 봐주세요.

나는 조 앞에 서서 구구단 8단을 외우기 시작했다. 김 약사가 텔레비전을 켰는지 사람들이 왁자하게 웃는 소리가 들렸다. 하하하 하하 하하하하하.

— 맞는데요.

— 틀리지 않았어요?

— 안 틀렸어요.

어딘가 미심쩍었지만 김 약사가 이쪽을 힐끔거려서 그만 퇴근하기로 했다. 배웅하듯이 뒤따라오던 조가 말했다.

— 신경 쓰지 말아요. 틀릴 수도 있죠.

— 일이잖아요. 자꾸 틀리면 어떡해요?

— 그래도 계속해야죠. 일이니까요.

우산꽂이 통을 지나자 어김없이 자동문이 열렸다. 비가 제법 많이 내리고 있었다.

— 우산은 있어요?

— 가져왔어요.

에코백에서 작은 우산을 꺼내 흔들자 조가 빙긋 웃었다. 나는 우산을 펼치고 비가 쏟아지는 거리로 나갔다. 얇은 천에 빗방울이 부딪치며 시끄러운 소리를 냈다.

지나가는 소나기였는지 집에 도착할 즈음에 비가 그쳤

다. 저녁을 먹고 포털사이트에서 토토를 검색했다. 승패가 있는 경기는 대부분 베팅이 가능했다. 축구, 야구, 농구, 배구에 골프까지. 복권보다 합리적이라는 건 조가 선택한 이야기에 불과했다. 조가 바라보는 세상은 상당히 운이 필요한 구조로 되어 있는 게 아닐까. 토토를 합리적이라고 생각할 정도로…… 야구 중계를 찾아보다가 경기의 승패를 알기 전에 불을 끄고 매트리스에 누웠다.

냉장고가 웅웅거리는 소리가 크게 들려 한쪽 귀를 베개에 묻었다. 좀처럼 잠이 오지 않았다. 타리온, 알마겐, 록사트론, 다이크로진, 폰탈, 아디팜, 레보프라이드…… 주문을 외우듯 약 이름을 외우며 썰물에 발을 묻었다. 파도가 밀려오는 소리가 빗소리를 닮았다. 나는 해변에 홀로 서서 파도가 멈추기만 기다렸다.

*

장마가 끝나자 조의 말대로 손님이 줄기 시작했다. 나는 여전히 40만 넘어가면 셈을 틀렸지만 요령이 생겼다. 열 개씩 나누어 세면 그만이었다. 조는 컴퓨터에 도매상 사이트와 베팅 사이트를 같이 띄워두더니 가끔 돈을 땄다며 초콜릿이나 사탕류의 주전부리를 사 오기 시작했다. 보답으로 지하철역 앞 노점에서 파는 토스트를 사 가던 날 올여름 첫 폭염주의보가 내려졌다. 예년보다 늦은 더위의 시작이었다.

0.4

단거는 danger. 건강에 나쁜 줄 알면서 단 음식을 먹는다. 밥이 원료라면 당은 윤활유인 셈이다. 우유식빵과 딸기잼을 떨어뜨리지 않는 건 핸드폰을 집에 두고 나오지 않는 것만큼이나 중요한 일이었다.

*

장마가 끝날 즈음 한동안은 오전에 빵 먹을 시간을 내지 못할 정도로 바빴다. 처방전이 밀리면 조가 접수를 하고 나는 조제실에 들어갔다. 점심도 한 명씩 따로 먹었다. 김 약사가 조제대 앞에 줄곧 붙어 있어서 식사하는 속도가 자연히 빨라졌다. 체기가 있어 가슴을 두드렸더니 조가 소화제를 건네주었다. 약국에서는 일단 약으로 해결하려고 드는구나 싶어 피식 웃음이 나왔다.

7월 말이 되어서야 다시 빵을 먹을 수 있을 만큼 한가해졌다. 나는 역에서 가까운 제과점에 들어갔다. 우유식빵과 딸기잼을 하나씩 계산하고 포인트를 적립했다. 약국에서는 포인트 적립이 법으로 금지되어 있다고 했다. EDI 프로그램에 자동으로 가격이 뜨는 조제약과 다르게 일반약은 조가 라벨기를 짤깍거리며 하나씩 가격표를 붙였다. 포인트 적립이 되지 않는다고 해서 포스기까지 사용하지 않을 이유가 없는데도 그랬다. 바코드 스캐너는 두어 번 쓰다가 방치되는 안마봉처럼 손때가 묻지 않아 깨끗했다.

우유식빵과 딸기잼을 조제실에 가져다 놓고 컴퓨터를 켰다. 도매상 사이트에 어제 주문을 넣은 약이 출하 중인지 확인한 다음 청소를 했다. 도매상에서 배달 온 약을 정리하는 동안 손님이 하나둘 작은 소파를 채웠다. 주로 노인들이었다. 젊은 사람들은 소화제나 진통제처럼 성격이 분명한 약을 구입해 득달같이 빠져나갔다. 아침 손님이 빠진 뒤 도매상 사이트에 조제약을 주문했다. 지난주에 약 주문하는 법을 배워서 일반약을 제외한 조제약 주문은 이제 내 몫이 되었다.

오전에 손님이 없는 사이 얼른 우유식빵에 딸기잼을 발라 먹었다. 달콤한 맛을 음미하며 입을 우물거리고 있자니 도매상에서 두 번째 배달이 왔다. 숙제에 사용할 약이 도착했다. 손님이 맡기고 간 처방전을 숙제라고 불렀는데 종합병원 처방전이 대부분이었다. 종합병원 주변에도 약국이 많을 텐데 굳이 여기까지 처방전을 가져오는 이유가 궁금해서 조에게 물어보았다.

— 기다릴 필요가 없거든요. 종합병원은 사람이 많아서 대기 시간이 오래 걸리니까요. 국장님은 약국에 약이 없으면 도매상에 일부러 주문을 넣어서라도 조제해주세요. 그래서 오래된 단골이 많은 건지 오래된 단골이 많다 보니 그렇게 된 건지는 잘 모르겠는데…… 한 번만 그러면 재고가 남아서 손해일 수 있지만, 어르신들은 같은 약을 주기적으로 처방받으니까 길게 보면 이득이에요. 처방전을 맡기는 분들은 거의 단골이니까요.

조의 말대로 종합병원 처방전을 맡기는 사람은 자주 오는 손님들이었다. 땅부자 할아버지도 그중 하나였다. 나는 프로그램에 다음 방문 날짜를 메모했다. 방문 날짜가 가까워지면 필요한 약을 미리 주문해야 했다.

— 손님 오면 깨워줘.

김 약사가 의자를 끌고 조제실로 들어갔다. 손님이 줄어서 한가해지자 김 약사는 점심시간 전에 잠깐씩 낮잠을 자기 시작했다. 코 고는 소리가 금세 커튼을 넘어왔다. 조가 목소리를 높였다.

— 구매 재고로 들어가서 입고장 현황으로 가보세요. 날짜 지정하고 거래처 입력하면 한 달 구매 내역이 떠요. 도매상에서 집계한 내역과 맞춰보면 되고요. 직거래하는 제약사는 거래명세표 모아놓은 걸 장부에 옮겨 적으면 돼요.

조가 창고 캐비닛에서 꺼내온 장부를 펼쳐 보이며 기입하는 법을 가르쳐주었다.

— 마지막 주 토요일이 제약사 결제일이라 영업사원이 많이 올 거예요.

— 얼마나 오는데요?

— 장부 숫자만큼이요.

수첩에 '마지막 주 토요일은 제약사 결제일'이라고 볼펜으로 끄적였다. 이미 수첩을 반 가까이 썼는데 한 달이 지나기 전에 나머지 반도 마저 채울 것 같았다.

— 월초에는 심평원에 청구해야 돼요. 처방전에 적용한 보험료를 환수받는 거죠. 청구하기 전에 향정약 재고 조사를 해놓으면 좋은데 청구하고 나서 해도 괜찮아요. 하는 방법은 그때 가서 제대로 알려줄게요.

내가 펜을 내려놓을 때까지 기다렸다가 조는 구부리고

있던 허리를 폈다. 유리창으로 하얗게 달구어진 사거리가 보였다. 퇴근하기 전까지 체감하기 어려운 더위였다.

— 다음 주에 위층 병원들 휴가 가면 약국도 휴가예요. 계획 세운 거 있어요?

— 생각해보지 않았어요. 휴가가 있는 줄 몰라서요.

— 지금부터라도 생각해봐요. 약국은 공휴일에도 일하니까 이렇게 연이어 쉴 기회가 거의 없어요.

나보다는 조에게 귀한 휴가일 듯했다. 퇴근 시간이 늦어서 여가 활동은커녕 휴식을 취하기에도 빠듯해 보였다. 힘들겠구나 싶으면서 부럽기도 했다. 집에서 딱히 하는 일도 없는데 차라리 일을 해서 돈이나 많이 벌었으면…… 최저임금으로는 미래를 꿈꾸기 어려웠다. 아직 서른이라고 해도 살아내는 당사자에게는 인생의 끝자락이다. 상상력이 고갈되었는지 막다른 길 너머를 그려볼 엄두가 나지 않았다. 벌써 길을 잘못 들었다는 생각만 자꾸 들었다. 아직과 벌써 사이에는 넓은 해협이 있었다. 안개가 자욱한 바다에서 홀로 헤매는 기분이 들 때면 어찌할 바를 몰랐다.

— 달고나 먹을래요?

조는 요즘 매일같이 토토를 했다. 어제는 초코바를 사 오더니 오늘은 달고나를 사 왔다. 손바닥에 덜어준 달고나를 휴지에 올려두고 하나씩 집어 입에 넣었다. 익숙한 단맛이 입 안에 퍼지자 복잡했던 머리가 깔끔해졌다.

조제실에서 의자가 덜컹 움직이는 소리가 크게 울리더니 잠시 후 김 약사가 의자를 끌고 나왔다. 낮잠을 자고 나왔는데도 표정이 개운해 보이지 않았다.

— 에휴, 다치는 꿈을 꿔버렸네. 양 양, 다치면 안 좋은 꿈 아닌가?

— 네에…….

— 팔에서 피가 철철 나는데 누가 팔에 붕대를 감아주더라고. 다쳐도 치료해주면 괜찮은가? 좋은 꿈이 되나?

— 네에…….

나는 이제 유령답게 잘 울었다. 조는 라벨기로 상품에 가격표를 붙이기 시작했다. 짤깍거리는 소리를 들으며 김 약사가 크게 기지개를 켰다.

— 아무래도 청소할 때가 됐나 봐. 조 부장, 선반 다시 정리해놔.

— 네, 알겠습니다.

— 약상자도 바꿀 때가 됐어. 양 양, 작은 상자 버리지 말고 모아놔.

고개를 끄덕이고 나는 조제실을 지나 접이식 문을 열고

창고로 들어갔다. 조가 쌓아놓은 상자 중에 반으로 자르면 선반 수납장에 들어갈 만한 크기를 골라 캐비닛에 넣어두었다. 캐비닛 문을 닫기 전에 쌓여 있는 장부 숫자를 가늠해보았다. 얼추 스무 개 정도 되었다.

— 숙취 약 주세요.

매장에 나오자 정장을 입은 남자가 피로해 보이는 얼굴로 서 있었다. 점심때가 다 되어 숙취해소제를 사러 오는 남자는 대부분 영업사원이라고 조가 알려주었다. 조는 그들에게 피로회복제와 간장약을 영업했고 꽤 성공률이 높았다. 정장을 입은 남자는 숙취해소제를 단숨에 입에 털어 넣고 약국을 나갔다. 한동안 손님이 오지 않아 핸드폰을 보고 있자니 김 약사가 힐끔 쳐다보았다.

— 뭘 그렇게 봐?

— 열빙어 먹는 고양이요.

이해할 수 없다는 듯이 쳐다보는 김 약사는 나이가 많으니 그럴 수 있었다. 다섯 살밖에 차이 나지 않는 조까지 그렇게 쳐다볼 줄은 몰랐다. 생각해보니 두 사람이 SNS를 하는 모습을 본 적이 없었다. 핸드폰보다 텔레비전을 보는 시간이 더 길었다. 김 약사는 예능이나 뉴스를, 조는 스포츠 중계를 선호했다. 맞은편 기둥에 매달린 텔레비전을 보기에 가장 좋은 위치가 지금 김 약사가 앉은 자리였다. 리모컨을 손에 든 김 약사가 채널을 한참 돌리더니 볼만한 프로그램이 없었는지 뉴스를 틀어놓았다. 텔레비전에서 귀에 익은 이름이 흘러나왔다. 정치에 관심이 많았던 혜가 자주 언급한 사람이었다.

시시콜콜한 연락을 하게 되고 얼마 안 있어 혜를 따라 정치 성향이 뚜렷한 커뮤니티에 가입했다. 초기에는 의외로 재미있었다. 승패를 겨룬다는 점에서 정치인은 스포츠 선수와 비슷했다. 응원하는 선수가 역경을 이겨내고 트로피를 쟁취하기를 바라마지않는 열기가 뜨거웠다. 윤리적인 태도를 견지하려는 분위기도 마음에 들었다. 커뮤니티에 정을 붙이기 시작할 즈음 정치 성향만큼 젠더에 대한 시각차 역시 극복하기 어려운 문제라는 걸 알았다.

윤리는 입장에 따라 얼마든지 다른 얼굴을 할 수 있었다. 나의 상식에 반하는 글들이 쏟아지자 탈퇴하고 여성 커뮤니티에 가입했다. 여성 커뮤니티는 퀴즈를 내거나 주민등록번호 뒷자리의 첫 번째 숫자를 확인하는 등 가입이 까다로운 편이었다. 음경 사진을 올리고 강퇴당하는 이가 없어지지 않는 한 폐쇄성은 계속 유지될 듯했다. 가입 절차가 까다로운 만큼 안심되는 구석이 있었다. 비슷한 가치관을 지닌 사람들 속에서 나는 평화를 느꼈다. 회원이 많아 금방 새 글이 올라오고 댓글이 빨리 달리는 점도 마음에 들었다. 커뮤니티와 SNS만 오가도 시간이 금방 갔다.

12시가 되어 식당 주인이 쟁반을 가지고 들어왔다. 오늘 식단에는 모처럼 소시지부침이 있었다. 내 몫을 하나씩 가져다 먹는데 조가 물었다.

— 유튜브에서 봤어요? 고양이요.

— 아니요. 인스타에서 봤어요.

나는 핸드폰을 꺼내 열빙어 먹는 고양이 영상을 보여주었다. 말린 열빙어를 오도독거리며 얼마나 맛있게 먹던지 보는 내내 허기가 졌다. 조는 고양이보다 인스타그램에 관심을 보였다.

— 예전에 가게 홍보하려고 잠깐 해봤는데…….

— 가게 하셨어요?

— 약국 일 관두고 잠깐 고깃집을 했었죠. 이제 굽는 건 정말 잘해요.

고기 뒤집는 시늉을 해 보이는 조의 약지에 희미하게 남은 자국이 눈에 띄었다. 조가 손을 내리더니 멋쩍은 듯이 말했다.

— 유튜브는 가끔 봐요.

— 야구?

— 축구도…… 나이가 드는지 익숙한 것만 찾게 되네요.

새로운 취향을 만드는 데에는 노력이 필요하다. 조는 노력이 유발하는 피로를 감당할 여력이 없어 보였다. 나도 요즘 무거운 피로를 느끼고 있었다. 지난 몇 해를 훨씬 바쁘게 살았는데 그때보다 더 지치는 기분이었다. 일을 배우느라 그렇다는 핑계도 슬슬 약효가 떨어지고 있었다. 앞으로 무엇을 해야 좋을지 생각하는 일조차 피곤했다. 그나마 무엇이라도 되었으니, 유령이기는 하지만, 다행인 걸까.

매장에서 종소리가 들리자 조가 먼저 일어섰다. 나는 핸드폰으로 열빙어 먹는 고양이 영상을 보며 밥을 마저 먹었다. 김 약사까지 식사를 마친 뒤에 바깥 여닫이문으로 젊은 여자가 들어왔다. 옷차림은 편해 보였지만 공들인 화장에 손질한 머리를 보니 여행이라도 가는 듯했다. 여자는 계산대 앞에 서기 전부터 빠르게 입을 놀렸다.

— 소화제, 해열제, 상처 났을 때 바르는 연고…… 감기약, 종합감기약으로 주시고요. 밴드랑 벌레 물린 데 바르는 약도 주세요.

— 여행 가시나 봐요?

— 네. 아, 벌레 쫓는 팔찌도 주세요. 애들 거요.

조가 매장에서 벌레 쫓는 팔찌를 찾아 올 동안 김 약사가 뒤의 선반에서 약을 꺼냈다. 결제를 마친 여자는 약국을 나가 도롯가에 정차해 있는 차에 올라탔다. 열린 문으로 뒷좌석에서 얼굴을 내미는 아이가 보였다. 단란한 모습을 한 가족이 떠나고 나는 본가에 언제 다녀왔는지 헤아렸다. 이사하고 한 번도 안 갔으니까 벌써 두 달 전이다. 휴가 때 할 일이 생겼구나. 한숨을 삼키다가 재채기를 했다.

— 감기 걸렸어요?

— 그건 아닌데…… 아침부터 코가 간질간질해요.

조가 조제실에 들어갔다 나와서 코감기 시럽 약을 한 포 내밀었다. 사양했더니 김 약사까지 먹으라는 시늉을 했다.

— 약국에서 일하는 사람이 아픈 것만큼 꼴불견도 없어.

감기약이 병을 낫게 한다고 믿지 않았다. 약 기운이 가시자마자 또 증세가 나타나겠지만 김 약사의 말마따나 일하는 동안은 증세를 감출 필요가 있었다. 나는 포장을 뜯어 시럽 약을 빨아 먹었다. 딸기 향에 약 특유의 인공적인 맛이 묻어났다. 역한 맛에 비위가 상했지만 꾸역꾸역 삼켰다.

퇴근하고 지하철에 타자마자 이어폰을 꽂았다. 다리를 건널 때 창에 비친 그림자를 보았다. 머리카락이 어깨에 닿으려 했다. 자를까 더 기를까. 염색한 지도 오래되었다. 머리카락에서 손을 떼고 미용실을 검색했다. 환승역에서 갈아타지 않고 내려서 지도 앱이 알려주는 경로를 따라 걸었다.

저녁을 먹고 집에 들어왔을 때는 꽤 늦은 시간이었다. 매트리스에 누워 커뮤니티를 둘러보다가 유명한 가수가 사람을 치고 뺑소니쳤다는 뉴스를 보았다. 그를 덕질하던 이들이 울분을 터트렸다. 어지간한 일이 아니면 하루아침에 탈덕할 정도로 실망하기 어려운 법인데 그 어려운 일이 일어났다. 나는 공감의 맛을 음미했다. **내일은 우유식빵에 딸기잼을 발라 먹지 말아야지.** 단맛으로 지우기에는 아까운 우울이었다.

*

날은 맑은데 공기가 습했다. 올여름은 더위보다 습기로 기억할 것 같았다. 나는 약국에 들어가다 말고 멈칫했다. 계산대 안쪽에 양복을 입은 남자들이 줄지어 서 있었다. 조가 대걸레를 가지고 나오며 말했다.

— 결제일이라서 그래요. 신경 쓰지 말아요.

마지막 주 토요일에 제약사 사람들이 올 거라던 조의 말이 그제야 기억났다. 김 약사는 약국에 도착하자마자 가운만 챙겨 입고 줄 맨 앞에 서 있던 영업사원과 함께 조제실로 들어갔다. 손님이 와서 김 약사를 부르러 가보니 두 사람은 조제실이 아니라 창고에 있었다. 플라스틱 의자에 앉아 장부를 사이에 펼쳐둔 채 이야기하는 중이었다. 그 뒤로 손님이 올 때마다 김 약사는 창고와 매장을 들락거렸다.

오전에 손님이 몰리다 뜸해졌을 때는 바깥쪽 여닫이문 앞까지 영업사원이 서 있었다. 조가 통로 앞에서 줄을 끊어 영업사원들을 매장 밖으로 내보낸 다음 냉장고에서 시원한 비타민 드링크를 꺼내 갔다. 나간 김에 담배라도 피우는지 자리를 비운 시간이 길어졌다. 매장 안에서 차례를 기다리는 영업사원들은 기도하는 자세로 고개를 숙인 채 핸드폰만 들여다보았다.

면담이 끝났는지 먼저 들어간 영업사원이 나오자 다음 영업사원이 창고로 들어갔다. 여닫이문을 열고 밖으로 나간 영업사원과 엇갈려 조가 재킷을 손에 든 사람과 함께 약국에 들어왔다.

— 예전에는 비약사 판매원도 많았는데요.

조가 한 말에 재킷을 손에 든 사람이 고개를 끄덕였다.

— 오히려 어쭙잖은 약사보다 훨씬 나았지. 남의 밑에서 일하려는 약사가 흔치 않기도 했고…… 요즘은 약사 아닌

판매원을 찾기가 더 힘들어.

— 팜파라치는 아직도 극성이에요?

— 확 줄었지. 보상금이 없어졌으니까.

— 아주 없어진 건 아니고 내부고발자는 받는다지만…… 밥줄이 끊기는데 누가 신고를 하겠어요.

자주색 줄무늬 넥타이를 맨 사람이 둘의 대화에 끼어들었다. 분위기를 보니 셋 다 오래전부터 아는 사이 같았다.

— 이제 편의점에서도 약을 팔잖아요. 그래서인지 한창 벌금 때릴 때보다는 단속이 느슨해졌어요. 약국 안에 약사가 있기만 하면 묵시적으로 감독했다는 식으로 인정해주더라고요.

— 그럼 뭐 해. 이미 약사만 채용하는 분위기가 잡혔는데. 자동조제기도 많이 퍼졌고. 스캐너 쓸 때처럼 처방전 입력이 어려운 것도 아니잖아. 이제는 리더기로 코드를 찍기만 하면 정확하게 뜨니까 직원 없는 데도 많아졌어. 처음 전산화될 때만 해도 약사들이 컴퓨터 다룰 줄 몰라서 쩔쩔맸는데…… 벌써 옛날 일이네.

재킷을 손에 든 사람이 오래된 광고지를 아련한 눈으로 바라보았다. 자주색 줄무늬 넥타이를 맨 사람이 뒤를 돌아보았다. 수납장 너머 창고에서 면담을 진행하고 있을 김 약사가 신경 쓰이는지 목소리가 작아졌다.

— 여기는 얼마나 계실 거예요? 국장님이 좀…….

— 유별나잖아. 다른 데 빨리 알아봐. 여기서 오래 버티는 직원을 못 봤어.

번갈아 조언하는 두 사람에게 조는 피식 웃어 보이고 대답했다.

— 사정이 있어서 당분간 붙어 있어야 할 거 같아요. 나중에 좋은 자리 나면 알려주세요.

영업사원이 조제실에서 나오자 그들은 일제히 입을 다물었다. 조는 바깥쪽 여닫이문을 열었다. 이마에 구슬땀이 맺힌 사람이 반색을 하고 들어왔다. 그 역시 조와 아는 사이인지 친근하게 말을 붙였다.

— 습하니까 훨씬 더운 것 같아요.

— 차라리 비가 오면 좋겠는데요.

아침만 해도 파란색을 띠고 있던 하늘이 어느새 잿빛이 되었다. 단골손님이 들어와 종합병원 처방전을 맡기고 나갔다. 조는 나에게 종합병원 처방전을 입력하는 방법을 가르쳐주었다. 식사가 배달 오자 김 약사가 매장으로 나왔다. 계산대 안쪽에 선 영업사원들은 여전히 핸드폰만 들여다보았다. 점심시간이 끝날 때까지 경건한 시간이 유지될 듯했다.

조는 오늘따라 말이 없었다. 식사 때마다 약국에서 일하며 겪은 일들을 하나씩 들려주고는 했는데 오늘은 묵묵히 숟가락질만 했다. 나는 침묵을 잘라내듯이 질문했다.

— 다른 약국에서도 결제일마다 이래요?

— 다 그렇지는 않죠. 제약사와 직거래를 많이 해서 그래요. 조제약이 소득은 안정적이지만 이윤이 큰 건 역시 일반약이니까요.

— 왜 줄을 서서 기다려요? 계좌이체 하면 안 돼요?

조가 매장 쪽을 힐끔 보더니 플라스틱 의자를 끌고 와 내 옆에 가까이 붙어 앉았다. 숨소리가 들릴 정도로 가까운 거리에서 조는 소곤댔다.

— 하던 대로 하는 게 편하니까요.

조제실 커튼이 방음벽 역할을 해주기는 했지만 혹시라도 밖에 들릴까 염려했는지 목소리가 한층 작아졌다.

— 한 번도 그냥 결제를 해주는 법이 없대요. 가격은 당연히 깎아주는 거고, 그거 말고 뭐라도 해줘야, 하다못해 형광등이라도 사 와서 갈아줘야 결제를 해준대요. 저기 컵라면도 영업사원이 사 왔다고 하더라고요.

김 약사라면 충분히 하고도 남을 갑질이었다. 쉽게 이해하면 안 될 텐데 자연스럽게 그리되었다. 김 약사가 또 김 약사다운 짓을 했구나. 고개를 끄덕이며 수긍했다.

— 못 견디는 사람이 떨어져 나가는 거예요. 밀린 결제까지 전부 포기하고 아예 발을 끊은 사람도 있다는데…… 그러기가 쉽지는 않죠.

팔꿈치가 부딪치자 조는 도로 플라스틱 의자를 움직여 거리를 벌렸다. 콩나물무침을 집어 먹은 조가 얼굴을 찡그렸다.

— 쉰내가 나네요.

— 긴가민가했는데…… 쉬었어요?

— 아주 간 건 아니고 가기 직전인 것 같아요.

콩나물무침이 담긴 접시를 들어 쟁반 밖으로 옮겨놓고서 조는 감자계란국을 떠먹었다. 나는 쟁반 밖에 외따로 있는 콩나물무침을 잠깐 쳐다보고 콩자반을 입에 넣었다. 콩이 딱딱해서 한참 씹어야 삼킬 수 있었다.

김 약사까지 식사를 마치자 중단되었던 면담이 다시 시작되었다. 빗방울이 떨어지는지 밖에 우산을 펴는 사람이 보였다. 오후에 한차례 손님이 몰리고 나서는 빗줄기가 꽤 굵어졌다. 조가 여닫이문을 열고 밖에 서 있던 영업사원을 모두 안에 들였다. 마지막에 들어온 짙은 남색 양복을 입은 사람은 줄을 서지 않고 매장 안을 기웃거렸다. 손님인가 했지만 조가 신경 쓰지 않아서 나도 핸드폰으로 시선을 떨구었다.

재킷을 손에 든 사람과 자주색 줄무늬 넥타이를 맨 사람이 돌아가고 줄은 빠르게 줄어들었다. 차례를 기다리던 마지막 사람이 창고로 들어갔다. **찻잔 받침이 원래 뜨거운 커피를 덜어서 식히는 용도였다**는 글을 보다가 고개를 들었다. 짙은 남색 양복을 입은 사람이 중앙 진열대 앞에 서서 립밤을 살펴보고 있었다. 다른 손님은 없었다.

의자 밀리는 소리가 들리더니 김 약사가 마지막 영업사원과 함께 매장으로 나왔다. 영업사원이 김 약사에게 고개를 꾸벅거리며 약국을 나갔다. 조는 대걸레를 가져와 바닥의 물기를 닦았다. 김 약사가 의자에 앉아 크게 기지개를 켰다.

— 영업이 안 맞는 사람은 딱 보면 티가 난다니까. 안 그래? 사람만 좋으면 뭐 해. 금방 그만둘 줄 알았는데 끈질기게 붙어 있네.

영업사원들을 상대하느라 몇 시간을 내리 떠들었을 텐데도 김 약사는 지친 기색이 없어 보였다. 조가 대걸레질을 멈추고 김 약사를 쳐다보았다.

—누구 말씀하시는 거예요?

—누군지 몰라?

대걸레에 기댄 자세로 조는 생각에 빠졌다. 키가 커서 대걸레 자루 꼭대기를 감싼 손에 턱을 받친 자세가 편해 보였다. 짙은 남색 양복을 입은 사람이 염색약이 진열된 선반으로 걸어갔다. 발소리가 들리지 않을 정도로 차분한 움직임이었다. 김 약사와 조는 매장에 아무도 없는 것처럼 대화를 이어갔다.

—이마 찡그리고 있던 분이요?

—그래, 표정이 찌뿌둥한 사람.

—성실하신 분이었죠.

—성실한 게 아니라 미련한 거야. 안 맞는 줄 알면 빨리 그만둬야지.

—그만두지 못할 사정이 있었겠죠.

두 사람의 대화가 미묘했다. 같은 사람을 두고 하는 말인지 알 수가 없었다. 오늘 방문한 영업사원들 중에 이마를 찡그리고 표정이 찌뿌둥한 사람이 있었던가. 기억나지 않았다.

—그러다 유령이 되는 거야.

김 약사의 말에 조가 짙은 남색 양복을 입은 사람을 쳐다보았다.

— 이미…….

종소리에 조의 말이 묻혔다. 팔에 토트백을 걸친 중년의 여자가 느릿느릿한 걸음으로 들어왔다. 이가 시릴 때 사용하는 치약을 찾는 여자를 치아 관련 제품이 있는 진열대로 안내하고 조는 대걸레질을 마무리했다. 짙은 남색 양복을 입은 사람은 언제 나갔는지 매장에 없었다. 잠시 후에 중년의 여자가 치약을 계산대 위에 올려놓았다.

— 치약 하나가 뭐 이렇게 비싸. 깎아줘.

— 기능성 치약이라 그래요. 이 정도면 싼 편이에요.

— 저쪽 약국에서 더 싸게 파는 걸 봤는데.

중년의 여자는 물러날 기미가 없어 보였다. 아예 다른 선택지가 머릿속에 없는 것처럼 우격다짐을 하는 사람에게 조는 같은 말만 반복했다. 노력으로 만들어낸 표정이 몸에 배었을 뿐이지 타고나길 온화한 인상은 아니었다, 조는. 건조하게 말하면 훨씬 무뚝뚝하게 느껴지는데 지금 손님을 대하는 태도가 딱 그랬다. 김 약사는 느긋하게 두 사람을 응시했다. 뭐가 그렇게 재미있는지 예능 프로그램을 볼 때처럼 양 입꼬리가 올라가 있었다.

자동문이 환해졌다가 어두워졌다. 6시가 되려면 멀었는

데 이상하다고 생각한 순간 천둥소리가 유리창을 뚫고 들어왔다. 자동문 밖에 누가 서 있었다. 왜 문이 열리지 않을까. 나는 미간을 찡그렸다. 사람이 아니라 그림자인 것 같았다. 그림자가 아니라 유령인 것 같았다. 유령이 아니라 아무것도 아닌 것 같았다. 바닥에 물이 번져 호수가 되었다. 동그란 빛이 물속에서 움직였다. 하나의 빛 옆에 또 하나의 빛이 더해졌다. 눈을 깜빡이듯이 불빛이 나란히 점멸했다. 나는 진흙에 파묻힌 것처럼 꼼짝할 수 없었다.

— 에휴, 우리보다 싼 데가 어디 있다고 그러세요.

의자 밀리는 소리에 눈을 떴다. 흰 가운이 시야를 가리고 있었다. 김 약사가 조가 서 있던 자리를 대신 차지하고 중년의 여자와 마주했다.

— 동네에서 가격으로 장난질하면 못 먹고살아요. 다른 데 가서 물어보세요. 여기보다 싼 데가 어디 있나. 이 가격보다 더 싸게 하면 다른 약국에서 욕해요. 저야 당연히 해드리고 싶죠. 그러니까…….

빠르게 말하던 김 약사가 목소리를 낮추었다. 중년의 여자가 덩달아 주춤했다.

— 다른 사람에게는 절대 비밀로 해주셔야 해요. 단골하시라고 특별히 제가 싸게 해드리는 거예요. 무슨 말씀인

지 아시죠?

— 그럼요. 잘 알죠.

중년의 여자는 김 약사가 치약에 붙어 있는 가격표보다 낮은 가격을 부르자 고분고분 지갑을 꺼냈다.

— 어디 가서 깎아줬다고 말씀하시면 안 돼요. 소문나면 제가 혼나요.

— 당연하죠. 절대 안 해요.

— 또 오세요. 영양제 사러 오시면 잘해드릴게요.

봉투에 담은 치약을 받으며 중년의 여자가 함박웃음을 지었다. 팔에 토트백을 걸친 중년의 여자가 느린 걸음으로 나가자 조는 서랍에서 진통제를 꺼내 두 알을 삼켰다.

— 죄송합니다. 갑자기 두통이 와서…….

조가 관자놀이를 문지르며 말했다. 김 약사는 조를 힐끔 쳐다보고 구시렁거렸다. 나는 의자에서 일어났다. 우산꽂이 통에 다가가니 자동문이 어김없이 반으로 갈라졌다. 인적 없는 횡단보도에 초록불이 깜박거렸다. 먼 하늘에 번개가 쳤다. 천둥소리가 아까보다 작게 들렸다.

— 뭐가 있어요?

조가 옆에 와서 물었다. 나는 조의 얼굴을 올려다보았다. 여전히 얼굴이 건조해 보였다. 어제 받은 청포도 맛 사탕을 하나라도 남겨둘 걸 그랬다고 잠깐 후회했다.

— 아는 사람을 본 것 같아서요.

— 저도 아는 사람을 봤는데…… 아는 유령이라고 해야 하려나.

조가 희미하게 웃었다. 아, 짧은 한마디만 남기고 어물거리자 조가 계속 말을 이었다.

— 영업직원이었어요. 영업 일이라는 게 원래 그렇거든요. 적극적이고, 긍정적이고, 융통성도 있어야 하고, 비굴해져야 하고…… 그런 게 하나도 없어서 무척 힘들어했어요. 항상 이마에 주름이 잡혀 있었죠. 약사든 의사든 약 선택권을 가지는 쪽에 리베이트가 들어가기 마련이거든요. 이중장부 때문에 노트북을 두 대씩 가지고 다니기도 하고…….

바람이 불어 흩날린 빗방울이 얼굴에 달라붙었다. 새끼손가락으로 물기를 훑으며 아는 이야기라고 생각했다. 방송에서, 기사에서, 트위터에서, 커뮤니티에서, 적어도 한 번 이상 접했던 뉴스였다. 단색으로 이해했던 이야기에 채도가 생기기 시작했다.

— 끝까지 서툰 사람이었어요. 약국을 옮기면서 연락이 끊어졌는데…….

처마에서 물 떨어지는 소리가 점차 거세졌다. 나는 까치

발을 했지만 조의 목소리가 잘 들리지 않았다. 손님을 대할 때처럼 비스듬히 숙이지 않고 똑바로 허공을 향한 조의 얼굴이 글쎄요오오, 하고 울고 싶은 것처럼 보였다. 나는 가장 흐리고 옅은 색 앞에서 서성거리다 뒤꿈치를 땅에 붙였다.

— 소식을 듣고 계속 약국에서 일하기 힘들었어요. 다른 일을 찾아봐야지 하면서 몇 년을 더 일했네요. 타인의 사정이란 나에게 딱 그 정도였던 거죠. 약국을 그만둔 건 팜파라치 때문이었어요. 다시 안 돌아올 생각으로 떠났는데 결국 와버렸네요.

나와 다르게 조는 유령이 된 이유를 명확하게 아는 것 같았다. 원하지 않는 자리로 돌아간 기분을 짐작해보았다. 한쪽에 구겨놓았던 우울을 펴보니 모양새가 비슷하게 겹쳤다.

— 이마에 주름이 없었어요.

소리를 높여 말하자 그제야 조가 고개를 기울였다. 까만 눈동자에 비친 내가 검지를 세워 미간을 짚었다.

— 그분 이마에 주름이 없었어요.

유령은 숫자가 아니었다. 숫자가 아니니까 틀려도 괜찮지 않을까 싶었다. 조는 아무 말 없이 서 있다가 왼손을 틀어 시계를 보았다. 얼추 4시가 다 되었다. 조는 셔츠 앞주머니를 더듬으며 밖으로 나갔다. 자동문 앞에는 차양이 있지만 여닫이문은 좁은 처마가 전부인데 조는 옆으로 돌아갔다. 잠시 후 내가 서 있는 데까지 담배 연기가 흘러왔다. 나는 매장에 들어가기 전에 코를 킁킁거렸다. 담배 냄새가 향 냄새를 닮은 것 같았다.

김 약사는 대화할 상대가 없어 심심했는지 텔레비전을 보고 있었다. 내가 자리에 앉자 어김없이 말을 걸었다. 일거리라도 있으면 좋을 텐데 처방전 정리며 조제대 청소까지 다 끝내놓은 상태였다. 나는 김 약사에게 건성으로 맞장구치면서 모니터 하단의 시계를 힐끔거렸다. 토요일은 평일보다 퇴근이 빠른데 유독 시간이 잘 가지 않았다. 오후 4시까지 1분을 남겨두었을 때 조가 바깥쪽 여닫이문으로 들어왔다. 양어깨에 젖은 자국이 넓게 퍼져 있었다. 나는 컴퓨터 아래 놓아두었던 에코백을 들고 일어섰다.

— 에휴, 장사도 안 되는데 이제 휴가철이잖아. 큰일이네, 큰일이야.

중얼거리는 김 약사의 혼잣말을 뒤로하고 약국을 나왔다. 초록불이 깜박이는 횡단보도를 건넜다. 유령일지도 모를, 유령이 아닐 수도 있는 사람이 스쳐 지나갔다. 원래 북적거리는 걸 좋아하지 않는 편인데 오늘만큼은 어딘가에

속해 있고 싶었다.

집에 가서 케이크와 밀크티를 주문했다. 즐겨 보는 동영상을 틀어놓고 댓글을 보았다. 개터진다. 존부. 짤 갖고 싶넹. 맛있겠다. 실시간으로 달리는 댓글 사이로 ㅋㅋㅋㅋㅋㅋㅋ를 밀어 넣었다. 얼마 지나지 않아 새로운 댓글이 아래로 주르륵 달리면서 내가 단 ㅋㅋㅋㅋㅋㅋㅋ는 다른 ㅋㅋㅋㅋㅋㅋㅋ에 밀려 보이지 않았다. 동영상을 보는 동안 배달이 왔다. 단거는 danger. 목숨을 걸고 케이크의 크림을 핥았다. 부드러운 식감이 입 안에 퍼졌다. 코르티솔이 감소하고 엔도르핀이 증가하고 나는 다시 단맛에 중독되었다.

0.5

인터넷이 등장하기 전까지 관계는 생물학적 존재를 필요로 했다. 이제는 생물학적 존재를 정의하기 위해 인터넷에서 형성된 관계가 필요하다. 산만한 세상에 흩어진 자아의 파편은 쉽게 휩쓸리거나 왜곡되었다. 먼지처럼 하찮은 존재감에 서글퍼질 때면 바다를 보고 싶었다.

*

병원보다 식당에서 먼저 여름휴가를 가는 바람에 점심을 해결할 다른 방법을 모색해야 했다. 여닫이문을 열자 습한 더위가 밀려들었다. 꾸덕꾸덕해 보이는 구름이 하늘에 떠 있었다.

—뭐 먹을까요?

—중국집 가야죠. 그 돈으로 둘이서 먹으려면.

김 약사가 준 만 원짜리 지폐 한 장으로는 선택지가 별로 없었다.

— 더 보태서 다른 데 가도 돼요.

— 괜찮아요. 자장면 좋아해요.

비가 자주 내려서 작년만큼 덥지 않았지만 여름은 여름이었다. 햇볕을 피하고 싶어 서둘러 대답했더니 조가 앞장섰다. 느리게 걷는 것처럼 보였지만 다리가 길어 금세 거리가 벌어졌다. 나는 잰걸음을 옮겼다. 조가 저만치 가다가 내가 옆에 없는 걸 알아채고 제자리에 서서 기다려주었다.

셔터를 내린 가게들을 지나 중국집으로 들어갔다. 자리에 앉아 고민할 것도 없이 자장면을 주문했다. 내가 컵에 물을 따르는 동안 조가 수저를 챙겼다.

— 여행 좋아해요?

좋아한다고 대답했더니 조가 다시 물었다.

— 계획을 세워서 가는 편이에요? 아니면 내키는 대로 다니는 편이에요?

— 누구랑 같이 가느냐에 따라 달라요. 부장님은요?

— 원래 계획 세워서 빡빡하게 다니는 편이었는데 갈수록 느슨해지더라고요.

— 여행 많이 다니셨나 봐요.

— 차 있을 때 많이 다녔죠. 마음 내키면 목적지 없이 훌쩍 떠나기도 하고 그랬어요. 스피커를 고사양으로 바꿨는데 음악 빵빵하게 틀어놓고 달리면 그보다 좋을 수 없었어요. 가다가 경치 좋으면 멈춰서 구경하고, 잘 데 없으면 차에서 담요 덮고 자고, 버너 싣고 다니다가 식당 못 찾으면 대충 라면으로 때우고…….

매료의 기억을 가진 사람에게서 발견하기 쉬운 열정의 부스러기가 조의 눈에서 반짝였다.

— 한번은 태백산맥을 넘어가는데 산 저쪽에서 하얀 수증기가 올라오는 거예요. 실을 꼬아 만든 것처럼 가느다란 수증기가 몇 줄기 올라가서 산 중턱에 있는 구름과 만나더라고요. 차를 세우고 지켜보는데 점점 이쪽 시야가 뿌옇게 변했어요. 구름 속으로 들어왔다는 걸 알았죠. 밖으로 나오니까 금세 팔이 축축해졌어요. 빗방울까지 부슬부슬 떨어져서…….

설명하는 목소리보다 움츠린 어깨에서 서늘한 공기가 느껴졌다.

— 엔진 돌아가는 소리가 마치 커다란 북을 두드리는 소리 같았어요. 구름 사이로 메아리가 퍼져 나갔죠.

조는 맞은편에 앉은 나보다 더 먼 데를 응시하고 있었

다. 아마도 눈꺼풀 안쪽에 내가 모르는 풍경이 고여 있을 터였다. 나는 식초를 집어 들었다.

— 휴가에는 어디 갈 예정이세요?

단무지에 식초를 뿌리자 조가 내 손을 응시했다. 무슨 생각을 하는지 몰라도 태백산맥에서 중국집으로 돌아온 것만은 분명했다.

— 오랜만에 친구들 만나기로 했어요. 한참 못 봤거든요.

조가 물컵을 쥐며 말했다. 약지에 있던 흰 자국이 보이지 않았다. 마른강의 돌멩이처럼 점 하나만 덩그러니 남아 있었다. 내 왼 손목에도 팔찌의 흔적이 많이 흐려졌다. 조만간 아예 찾을 수 없게 되겠지. 나는 오른손으로 왼 손목을 감싸 쥐고 입을 열었다.

— 어릴 때 서해안으로 피서를 간 적이 있어요. 다섯 살이었나 여섯 살이었나.

이번에는 내가 조의 어깨 너머를 응시했다. 중국집 대신 갈매기 울음소리가 들리던 갯벌이 펼쳐졌다.

— 어른들은 텐트에서 고기를 굽고 우리들은 갯벌에서 조개 캐면서 놀았는데…… 갑자기 멀리 보이는 바닷물에 발을 담가보고 싶어졌어요. 무작정 출발했죠. 그런데 아무리 걸어도 바다가 가까워지지 않는 거예요. 도중에 뭐라도

봤다면, 커다란 조개껍데기라도 발견했다면 가지고 돌아왔을 텐데 정말 바다밖에, 다른 건 아무것도 보이지 않았어요. 계속 걷다가 왜 걷는지도 잊어버리고 걷기 위해 걸었어요. 어느 순간 고개를 드니까 바다가 눈앞에 있었죠.

— 기분 좋았겠네요.

— 오히려 실망했던 것 같아요. 바닷물에 발을 담그기는 했는데 엄청 얕았거든요. 색도 부옇고…… 허리를 숙여 물속을 들여다봤지만 아무것도 없었어요. 있더라도 보이지 않았을 텐데, 참 이상하죠, 무언가에게 발견당한 기분이 들었어요. 돌아가야겠다고 생각하고 다시 걷기 시작했죠. 이미 지쳐 있었는데 텐트가 너무 멀었어요. 소리를 질러도 들리지 않을 거리였어요. 진흙이 발에 달라붙으니까 뛸 수도 없었고요. 아무리 걸어도 텐트는 가까워지지 않았고 돌아볼 때마다 바다는 등 뒤에 있었죠.

— 무서웠겠어요.

— 그랬을까요?

— 무섭지 않았나요?

— 모르겠어요. 겨우 텐트 있는 데 도착해서 뒤돌아보니 그제야 바다가 멀리 보이더라고요. 그때 기분이…… 뭐랄까…… 그 뒤로 바다에 여러 번 다녀왔거든요. 즐거운 추억

도 많이 쌓였는데…… 이상하게 바다라고 하면 어릴 때 발을 담근 썰물이 가장 먼저 생각나요.

때로 감각이 사고를 앞지른다. 이해할 수 없는 이유로 새겨진 기억의 의미를 나중에 찾는 경우가 더러 있었다. 쫓기듯 되돌아왔을 때 텐트도 아이들도 그대로였지만 나는 이전과 다른 사람이 되어 있었다. 썰물이 물러나고 밀물이 다가오기 전에 무슨 일이 벌어진 것이다. 보통은 인지하지 못하고 지나가 버렸을 경계의 시간이었다.

— 말로 설명하기 힘든 순간이 있죠.

조가 말했다. 나는 고개를 끄덕였다. 그릇이 탁자에 닿으며 달각 소리를 냈다. 눈앞에 놓인 자장면을 보고 젓가락을 들었다. 몇 입 먹지 않아 조가 냅킨을 뽑아 내 앞에 두더니 턱에 양념이 묻었다고 알려주었다. 나는 얼른 냅킨을 집어 턱을 닦았다. 조가 가볍게 웃고는 면발을 가득 집어 크게 베어 먹었다. 이번에는 내가 냅킨을 뽑아 조의 앞에 두었다. 얼굴에 아무것도 묻지 않았는데도 조는 냅킨을 집어 입가를 닦았다. 나는 입가에 떠오르는 미소를 숨기고 면을 집었다. 다행히 자장면은 맛있었다.

— 먼저 들어가요. 저는 힐링초 한 대만 태우고 들어갈게요.

상가 건물 옆 출입문 앞에서 조가 멈춰 섰다. 힐링초가 뭘까 했다가 셔츠 앞주머니에 손이 가는 걸 보고 바로 이해했다. 나는 조와 멀찍이 거리를 두고 핸드폰을 들었다. 조는 내가 있는 곳과 반대 방향으로 고개를 돌리고 연기를 뿜었다. 간간이 매캐한 냄새가 건너와서 기침을 하지 않도록 숨을 가만가만 쉬었다. 등에 땀이 맺히나 싶을 때 조가 담배꽁초를 버렸다. 냄새 제거 스프레이를 입 안에 두 번 뿌리고 조가 다가왔다.

— 염색했네요.

나도 모르게 핸드폰을 든 손으로 정수리를 덮고 말았다. 조의 목소리가 손등 위로 떨어졌다.

— 잘 어울려요.

염색은 지난주에 했다. 조는 일주일이 지나도록 알아채지 못했다. 내가 정수리에서 손을 떼자 조가 자기 머리를 가리키며 말했다.

— 나는 집에서 셀프로 해요.

— 머리카락 상하지 않아요?

— 요즘 염색약 잘 나와서 괜찮아요. 관심 있으면 어떤 제품이 좋은지 알려줄게요.

약국에 들어가자 김 약사가 중국집에 전화를 걸어 자장

면을 주문했다. 조는 염색약이 진열된 선반으로 나를 데려갔다. 나는 조가 추천하는 제품을 사진으로 찍어 저장했다.

점심시간이 끝나고 오후가 되도록 손님이 오지 않았다. 김 약사는 약사협회에서 받았다는 교육용 시디를 틀어놓았다. 강사가 떠드는 말에 신도처럼 맞장구치는 소리를 30분 넘게 듣고 있다가 종이 울렸을 때는 반가운 마음마저 들었다.

— 어서 오세요.

여닫이문으로 들어온 손님은 얼굴보다 팔에 먼저 시선이 갔다. 검푸른색 용이 남자의 양팔을 휘감고 있었다. 팔에 문신을 한 남자는 에어컨 앞에 서서 땀에 젖은 티셔츠를 펄럭거렸다. 김 약사는 동영상을 끄고 조제실로 들어갔다. 빈 통이 들어 있는 서랍을 여는지 플라스틱끼리 부딪치는 소리가 시끄러웠다. 찬 바람을 한참 쐬다가 중앙 진열대로 간 남자가 약 위치가 바뀌었다고 불평했다. 허리를 숙이자 두꺼운 목에 걸린 금목걸이가 출렁거렸다. 구강청정제와 파스와 장난감 달린 비타민을 골라 와 계산대에 내려놓은 남자가 대뜸 말했다.

— 마실 거 안 줘? 어째 단골한테 서비스도 없어.

— 저희야 드리고 싶지만 불법이에요.

남자는 대번 욕설을 내뱉었다.

—뭐 얼마나 한다고 불법이니 마니…….

조가 자동문 너머를 슬쩍 살피고는 냉장고에서 비타민 드링크를 꺼내 왔다. 남자가 상표를 확인하더니 고개를 저었다. 다른 제품을 요구하자 조는 두말하지 않고 바꿔주었다. 남자가 툭 던지듯이 계산대에 올려놓은 지폐를 나는 손끝으로 집어 올렸다.

—후시딘으로 사람을 죽이는 방법이 뭔지 알아?

드링크를 한입에 마시고 기분이 좋아졌는지 남자가 수수께끼를 건넸다.

—글쎄요…….

조가 영업용 미소를 띠었다. 김 약사는 여전히 조제실에 틀어박힌 채 코빼기도 보이지 않았다. 상대하기 싫은 손님이 오면 도망치는 버릇은 여전했다. 나는 거스름돈을 계산대 위에 내려놓았다. 손가락 사이로 동전이 하나 빠져나가 데굴데굴 구르다 뚝 떨어졌다. 남자가 투덜대며 한 걸음 밖까지 굴러간 동전을 주웠다. 팔을 길게 뻗자 염주 팔찌 밖으로 박음질한 천이 비죽 튀어나왔다. 남자가 계산대 위의 동전을 주섬주섬 챙기는 동안 나는 문신을 응시했다. 검푸른색 용은 언제든지 탈착할 수 있는 토시의 프린트 무늬였다. 지울 수 없는 문신이 아니라는 걸 알게 되자 눈을 부라린 용이 어설퍼 보였다.

— 똥구멍에 후시딘을 바르는 거야. 그럼 새살이 나서 똥구멍을 막아버리는 거지.

수수께끼의 답을 알려주고 기대에 찬 얼굴로 쳐다보는 남자에게 조가 어색하게 웃어 보였다. 문신 모양의 토시라는 걸 알아채지 못한 걸까. 계산대 위에 올려놓은 장난감 달린 비타민을 보면 어린 조카가 있는지도 모를 일이었다. 나는 유령답게 웃어주기로 했다. 문신 모양의 토시를 착용한 남자가 손뼉을 치며 같이 웃었다.

— 그렇지. 웃기지?

— 엄청 웃겨요.

남자가 의기양양하게 어깨를 폈다. 조는 약을 담은 비닐봉지를 내밀었다. 남자는 트림을 길게 하고 비닐봉지를 가져갔다. 문신 모양의 토시를 착용한 남자가 손에 든 비닐봉지를 흔들며 횡단보도를 건너 골목길로 사라졌다. 그제야 김 약사가 조제실에서 나왔다.

— 약만 사고 곱게 가면 좋은데 올 때마다 지저분한 소리를 한다니까. 가뜩이나 없는 손님 떨어지게…… 빨리 재개발을 해야 돼. 그래야 저런 놈들이 안 오지. 안 그래?

구시렁거리는 김 약사에게 대꾸하지 않고 조가 일어났다. 창고와 매장을 오가며 빈 선반을 채우는 조를 보고 나도 조제실에 들어가 수납함을 한 칸씩 열어 확인했다. 조제대를 걸레로 닦은 다음 스트레칭을 하는데 창고에서 나온 조가 내 옆에 섰다.

— 후시딘과 마데카솔이 어떻게 다른지 알아요?

— 글자 수가 다르죠.

수수께끼인 줄 알았더니 질문이었다. 조가 설명했다.

— 효능이 달라요. 후시딘은 상처를 소독해서 감염을 막아주고, 마데카솔은 새살을 빨리 돋게 해서 흉이 덜 지게 해줘요.

— 몰랐어요. 같은 건 줄 알고 아무거나 발랐는데…….

— 아까 그 손님도 모르는 것 같더라고요. 마데카솔이 아니라 후시딘이라고 한 걸 보면.

— 수수께끼요?

— 네, 수수께끼요.

— 어차피 수수께끼잖아요.

— 수수께끼라도 다음에는 그러지 말아요.

나는 조를 쳐다보았다. 고개를 한참 들어 올려야 마주할 수 있는 얼굴에 오후가 되면 늘 그렇듯 옅은 화장이 들떠 있었다. 다음에는 토스트 대신 파우더를 선물하자. 티 나지 않고 자연스럽게 보이려면 22호가 적당할 것 같았다.

—빵 드실래요?

바깥 공기를 마시고 온 덕인지 오늘은 다른 날보다 마음에 여유가 있었다. 나는 손을 씻고 김 약사 것까지 포함해서 세 번 우유식빵에 딸기잼을 듬뿍 펴 발랐다.

단맛이 입 안에서 가실 즈음 판피린을 사 가는 할머니가 들어왔다. 달력을 접어 만든 종이학을 품에 안아 걸음걸이가 불편해 보였다. 나는 한껏 기쁜 표정을 지으며 종이학을 받았다. 에코백에 들어갈 만한 크기가 아니어서 퇴근할 때는 두 팔로 껴안아야 했다. 뾰족한 모서리가 살갗을 찔러 따끔했다.

—양 양, 수고했어. 휴가 잘 보내고.

—수고했어요. 월요일에 봐요.

김 약사와 조가 번갈아 인사했다. 나는 어깨끈이 흘러내릴까 봐 어설프게 고개를 숙이고 약국을 나갔다. 바깥은 습기를 머금은 열기로 가득했다. 덕분에 약국의 좋은 점을 하나 더 발견했다. 에어컨을 돌리는 데 인색하지 않았다. 지하철역 앞에서 벌써 땀이 맺혔다. 나는 종이학의 무게를 감당하며 서둘러 계단을 내려갔다. 흘러내린 가방이 팔꿈치에 걸린 채 덜렁거렸다.

라면을 끓여 먹고 서랍장 위에 세워두었던 책을 상자에 넣었다. 햇반 그릇과 껌 종이를 치운 다음 쌓여 있는 먼지를 닦아냈다. 빈자리에 종이학을 올리고 탁상시계와 작은 인형을 발치에 두자 제법 아기자기해졌다. 사진을 찍다가 멈칫했다. 엄지손톱에 세로줄이 생겼다. 검지로 문지르자 오톨도톨했다. 혜는 네일샵에 가서 정기적으로 손톱 관리를 받았다. 나는 혜를 만날 때마다 달라지는 네일 디자인을 구경하길 좋아했지만 한편으로는 불편했다. 혜는 나의 불편함을 불편해했다.

코르셋이라고 해도 이미 형성된 미의식을 바꾸긴 어려운 일이야.

혜는 자기 의견을 굽힌 적이 없었다. 내가 다른 의견을 내면 논리와 비유와 예시를 쏟아부어 끝까지 설득했다. 그 앞에서 내가 쌓은 지식의 탑은 초라하기 짝이 없었기에 마지막에는 언제나 고개를 끄덕이고 말았다. 혜는 모호한 지점까지 자신의 색으로 물들여야 직성이 풀렸다. 나는 혜가 존재하는 세상에서 동생의 자리 외에 앉을 데가 없었다. 어쩌면 아직도…….

나는 손톱 문지르기를 그만두고 매트리스에 누웠다. 내일부터 휴가였다. 휴가 첫날은 늦잠을 자기로 마음먹었기에 밤늦게까지 핸드폰을 했다. 개가 색맹이 아니고 인간보다 적은 색이라고는 해도 세상을 컬러로 보고 있다거나, 빙하기가 끝나고 1만 년 가까이 고립되어 살았던 원주민이 이주민과 조우하고 200년 만에 멸족했다는 글을 읽었다. 천둥소리에 겁먹고 의자 밑에 숨은 아기고양이와 40년 넘게 잘 돌아간다는 파란색 날개의 선풍기 사진을 리트윗했다. 예전에 덕질했던 아이돌이 솔로로 데뷔한 영상을 보다가 열병처럼 앓았던 감정에 취해 가슴이 뛰었다. 핸드폰 화면을 쓸어올리는 손가락이 뻐근해서 눈을 감자 깜박이는 빛의 잔재가 보였다. 눈을 감고 있는 동안에만 볼 수 있는 화려한 불꽃이었다.

*

아침에 잠을 깨고서도 뒤척거리며 더 누워 있었다. 배에서 꼬르륵 소리가 나 시계를 보니 11시였다. 그제야 일어나 주섬주섬 나갈 채비를 했다. 패스트푸드점에서 치킨버거 세트를 먹으며 영화를 골랐다. 혜는 영화관 선택에 까다로운 편이었다.

아이맥스로 촬영해도 최종 출력 해상도가 낮으면 소용없어. 영상의 질은 픽셀 단위에서 결정되는 거야.

취향을 세심하게 다듬는 일은 생각보다 품이 많이 들었다. 갈팡질팡하다가 선택하면 다른 선택의 순간이 찾아와서 또 갈팡질팡하기를 반복했다. 혜의 취향은 거의 완성되어 있었다. 따라가기만 하면 실망하는 법이 없었지만 가끔 피곤해질 때가 있었다. 나는 본가로 가는 버스 노선과 겹치는 지역의 영화관을 선택했다. 상영 시간이 얼마 남지 않아 감자튀김을 한 번에 두세 개씩 집어 먹고 일어났다.

평일 낮이라 그런지 상영관에 사람이 많지 않았다. 자리에 앉아 핸드폰을 무음 모드로 바꿨다. 광고가 몇 개 지나가고 불이 꺼졌다. 어둠 속에서 스크린이 하얗게 떠올랐다. 오프닝 크레디트를 보다가 혜가 좋아하는 감독의 영화라는 걸 알았다.

비타민 D를 먹어야 해.

언젠가 술잔을 기울이며 혜가 말했다.

전에 같이 일했던 사람이 계단에서 넘어졌는데 다리뼈가 똑 부러졌대. 햇빛을 못 보고 야근만 하니까 비타민 D가 생성되지 않아서 뼈가 약해진 거지.

꽃보다 영양제가 더 좋을 나이가 되었다며 혜는 피식 웃었다.

낙지야, 너는 뼈가 없어서 참 좋겠다.

혜가 참기름으로 범벅이 된 낙지를 젓가락으로 쿡 찌르자 잘게 잘린 조각이 꿈틀거렸다. 술자리를 즐기기는 해도 폭음은 하지 않던 혜였는데 그날은 혀가 꼬일 정도로 마셨다. 새벽까지 마시다가 몸을 가누지 못하는 혜를 부축해 집까지 데려다주었다. 택시를 타고 주소를 물어 도착한 곳은 한적한 골목의 빌라였다. 도어록을 열고 들어가자마자 시큼한 냄새가 났다. 현관에 재활용 쓰레기가 아무렇게 쌓여 있었고 주위에 양념이 묻은 플라스틱 그릇이 흩어져 있었다. 바닥에는 벗어놓은 스타킹이 머리카락 뭉치와 뒤엉켜 있었다. 쓰러져 있는 빈 술병에도 먼지가 앉았다. 싱크대에 시퍼렇게 곰팡이가 슨 귤이 보였다. 개수대 거름망에 음식물 쓰레기가 가득 차 있었다. 화장대 위에 모양도 크기도 제각각인 화장품이 수십 개 늘어서 있었다. 몇 개는 뚜껑을 열어놓아 내용물이 말라붙었다. 혜를 부축해서 침대로 데려가 여기저기 흩어져 있는 책을 피해 눕혀주었다. 혜는 끄응 앓는 소리를 내며 이불을 머리끝까지 뒤집어썼다. 나는 현관으로 돌아가 발에 묻은 먼지 덩어리를 비벼서 떨어뜨리고 신발을 신었다. 문을 닫자 도어록 잠기는 소리가 크게 들렸다. 왠지 울적해져서 문에 한참 기대서 있었다. 센서등이 꺼지고 주위가 어두워졌다.

사람들이 하나둘 일어섰다. 오프닝에서 보았던 감독 이름이 다시 눈에 띄었다. 엔딩 크레디트가 다 올라가기 전에 미화원이 들어왔다. 나는 핸드폰의 무음 모드를 해제하며 자리에서 일어났다.

영화관 아래층 쇼핑몰에서 멜론을 들었다가 내려놓고 샤인머스캣을 구입해 버스 정류장으로 향했다. 줄이 길었는데 다행히 빈 좌석이 남아 탑승할 수 있었다. 종이백과 에코백을 무릎 위에 올리고 이어폰을 꺼내 귀에 꽂았다.

실습실은 특유의 소리가 있어. 컴퓨터 수십 대가 돌아가니까. 시끄럽다기보다 미대에 가면 물감 냄새가 나는 것처럼 고유의 시그니처였어. 조교가 돌아다니다가 한 번씩 도와주고 지나가는데 하루는 내 옆에 오더니 그러는 거야. 1픽셀만 오른쪽으로 보내보세요. 시키는 대로 했더니 그러더라. 1픽셀의 차이가 디자인을 만들어요. 그 말에 홀려서 디지털미디어를 전공했잖아. 그때는 앞날에 대한 선명한 이미지가 있었어. 지금은 팬 돌아가는 소리가 거슬리면 영수증을 하나 돌돌 말아서 꽂아놔.

혜를 집에 데려다준 뒤로 단단한 기둥 같았던 사람이 연약한 소리를 하기 시작했다. 나는 부식된 면이 바스러지는 모습을 보고 싶지 않았다. 서로가 서로에게 원하는 자리에 머물 때는 아무 문제가 없었다. 자리를 옮겨 앉는 순간 어긋난 틈을 메우지 못한 채 자꾸 벌어지기만 했다. 관계가 허물어지는 소리는 짧은 알림음과 긴 적요의 반복이었다. 매일 주고받던 메시지가 점차 길을 잃었다. 나는 짐이 되지 않는 기쁨과 짐이 될 수 없는 슬픔을 동시에 느꼈다.

— 아얏.

통로를 지나가던 승객이 가방을 메면서 긴 어깨끈이 내 뺨을 때렸다. 앞사람이 돌아볼 정도로 선명한 소리였는데 정작 가방을 멘 승객은 손에 든 핸드폰만 들여다봤다. 그의 귀에 이어폰이 꽂혀 있는 걸 보고 나는 관자놀이를 문질렀다. 멀미가 나나 싶을 때 버스가 방향을 크게 틀었다. 번화가가 끝나면서 푸릇한 산 너머로 한 움큼 떠 있는 구름이 보였다.

버스를 탈 때만 해도 날숨이 코끝을 데우는 날씨였는데 버스에서 내리자 더위가 한풀 꺾여 있었다. 하늘에 먹구름이 가득했다. 금방이라도 비가 올 것 같았지만 서두르고 싶지 않았다. 한쪽 어깨에 에코백을 메고 한쪽 손에 종이백을 들고 천천히 걸음을 옮겼다. 도어록을 열기 전에는 크게 심호흡을 했다.

— 저 왔어요.

어머니는 식탁 의자에 앉아 콩나물을 다듬고 있었다.

— 휴가라면서 뭐 하다가 이제 와.

— 늦잠 잤어. 이거.

— 청포도야? 아빠 신 거 못 먹는 줄 알면서 이걸 사 와.

— 청포도 아니야. 샤인머스캣이야.

나는 방에 들어가 가방을 내려놓고 편한 옷으로 갈아입었다. 한 알 따서 먹었는지 어머니가 입을 우물거리며 말했다.

— 전에 먹어봤던 거네. 그거보다 맛이 없다. 사 와도 뭐 이런 걸 사 오니.

이제까지 가져온 선물에 좋은 소리를 들어본 적이 없었다. 차라리 빈손으로 올 걸 그랬다고 매번 하는 후회를 또 하면서 맞은편 의자에 앉아 콩나물을 같이 다듬었다.

— 콩나물국 끓일 거야?

— 김치콩나물국. 아빠가 칼칼한 게 먹고 싶대.

— 엄마는 아빠 좋아하는 것만 하더라.

— 넌 네가 해 먹으면 되잖아.

어릴 때 소시지부침을 먹고 싶다고 졸라도 해주지 않아 직접 해 먹으려다가 프라이팬에 팔을 덴 적이 있었다. 아버지가 뭐라고 하자 다음 날 식탁에 소시지가 산처럼 쌓여 있었다. 다음 날도, 그다음 날도, 아버지가 그만하라고 할 때까지. 비슷한 일을 몇 차례 겪고 나서 아무도 식단에 참견하지 않게 되었다. 어머니는 마치 사명처럼 끼니를 챙겨왔고 그건 타인의 침범을 허용하지 않는 견고한 성이었다. 일손을 돕기 시작하면서 귀퉁이에 내 자리가 생겼지만 어머니의 기분에 따라 걸핏하면 내쫓기고는 했다. 하나의 세상에서 제거되어 부재자가 되는 경험은 아무리 반복해도 익숙해지지 않았다.

다듬은 콩나물을 들고 어머니가 일어났다. 나는 소파로 가서 리모컨을 집었다. 예능 프로그램이 끝나기 전에 아버지가 귀가했다.

— 취업했다고 했지. 뭐 하는 회사야?

저녁을 먹으며 아버지가 물었다. 아버지는 나름의 이상적인 기준이 있었고 그 기준을 충족하지 못하는 나에게 꾸준히 실망해왔다. 약국에서 전산원으로 일하고 있다고 하면 어떤 표정을 지을지 뻔하게 예상이 됐다. 사무직이라고 얼버무렸더니 아버지는 더 캐묻지 않았다.

— 교대에 가라니까 내 말을 안 듣더니.

수십 번 들은 말을 또 하며 아버지가 쯧쯧 혀를 찼다. 아버지는 교사였다. 직업에 대한 사명감이 있는지는 잘 모르겠지만 자부심만은 넘쳐났다. 길을 하나만 제시한다는 점에서 아버지는 혜를 닮았다. 아니, 혜가 아버지를 닮았던가.

— 요즘 취업하기도 힘든데 끈질기게 붙어 있어.

이제까지 틀려본 적이 없다는 아버지의 생각을 바꿀 힘이 나에게는 없었다. 자본주의 사회에서는 돈이 가장 큰 권력인데, 앞으로 내가 아버지의 급여보다 많이 벌 수 있을 것 같지 않았다. 이사하며 보증금을 지원받는 바람에 관계의 기울기는 더욱 가팔라지고 말았다.

— 너, 어디 아프니?

어머니의 말에 아버지가 입을 다물고 나를 쳐다보았다.

— 예전 같으면 벌써 따지고 덤벼들었을 텐데 오늘은 얌전하네.

— 이제야 철이 드나 보지.

아침부터 답답했던 가슴이 꽉 조여드는 기분이 들었다. 억지로 식사를 마치고 소화제 대신 매실청을 물에 타서 한 컵 마셨다. 어머니는 샤인머스캣을 씻어 거실 테이블에 올려놓았다.

— 청포도야?

— 청포도 아니야. 이게 뭐라고 했지?

— 샤인머스캣.

— 샤인머스캣이래. 전에 한번 먹어봤잖아. 그거보다는

못해.

— 이걸 언제 먹어봤어?

— 전에 선물로 들어왔잖아. 기억 안 나?

나는 선풍기를 찾아서 방에 가지고 들어갔다. 이불을 펴고 누워 선풍기 바람을 쐬며 구독한 영상을 하나씩 찾아보았다. 강아지가 재롱을 떠는 모습에 입꼬리가 올라갔다. 본가에 와 있다는 것도 잊을 정도로 영상에 몰입했을 때 문이 열렸다. 어머니가 들어와 문을 닫고 내 옆에 앉았다.

— 저 양반은 변하지를 않아. 자기만 잘났지.

어머니는 아버지와 다투고 나면 꼭 나에게 와서 하소연했다. 한때는 어머니와 같은 나라의 주민이라고 생각했다. 귀담아듣고 연민했으며 언젠가 상황이 나아지리라 믿었다. 몇 년쯤 똑같은 얘기를 반복해서 들은 뒤에야 어머니에게 딸이란 약국에서 구입하기 쉬운 약과 같다는 걸 알았다. 수시로 복용해도 병세의 원인이 다른 데 있었기에 차도는 없었다. 그저 진통제에 불과했던 약의 역할을 거부했더니 어머니의 한탄은 비난으로 바뀌었다. 나는 점차 침묵을 모국어처럼 사용했다.

— 듣고 있는 거야?

— 응.

— 엄마 얘기가 그렇게 듣기 싫어?

— 그런 거 아니야.

— 너 아니면 내가 누구한테 이런 얘기를 하니.

어머니가 이야기를 쏟아낼 때는 내가 무슨 말을 해도 대꾸가 없었다. 시선도 나를 향한다기보다 과거의 어느 순간을 눈앞에 펼쳐 보는 듯했다. 거실에서 텔레비전 소리가 희미하게 들려왔다. 수십 년 동안 아버지는 그저 방관자의 자리를 지키고 있었다. 지금까지 변함없었고 앞으로도 변함없을 상황에 나는 염증을 느꼈다.

— 사람 하나 만나볼래?

어머니가 드디어 나에게 시선의 초점을 맞췄다. 제안 같은 통보였다. 거절하면 수락할 때까지 같은 말을 반복하겠지. 설득은 안 되고 화를 내봐도 안 통했다. 어머니는 인내할 줄 알았고 포기할 줄 몰랐다. 아버지를 상대하다가 체득한 방법인지 아니면 본래 지닌 특질이 아버지를 만나 더 강해졌는지 알지 못했다. 출산하기 전에는 회계사무소에서 일했다고, 일을 그만두기 전까지 아버지보다 많이 벌었다고 자랑하던 어머니를 떠올려보았다. 그대로 계속 일했다면 어떻게 달라졌을까 상상해보기도 했지만 의미가 없었다. 지금의 어머니는 권위적인 아버지도 손들게 할 만큼 성마르고 집요했다. 도리어 아버지가 어떤 면에서는 말이 더 잘 통했다. 원인이 어디에 있든지 그것이 현재의 모습이었다.

고개를 끄덕이려다가 중고거래 앱에 시선이 멈췄다. 상대가 무례하다고 여기지 않을 정도로 무난한 옷이 옷장에 남아 있던가. 색조 화장품은 붉은 기가 도는 립글로스 하나뿐이었다. 나는 빈 손목을 문질렀다.

— 안 되겠어.

— 왜 안 된다는 거야?

— 유령이라서.

— 무슨 소리야?

— 내가 유령이니까.

— 그게 뭐야?

— 유령이 유령이지 뭐겠어.

— 얘 좀 봐.

도돌이표를 찍듯이 되풀이되던 대화가 중단되었다.

— 싫으면 싫다고 하지 별소리를 다 하네.

어머니가 짜증을 내며 일어났다. 나는 핸드폰을 한 손에 쥔 채 이불 위에 대자로 드러누웠다. 천장의 조명을 쳐다보다가 재채기가 튀어나왔다. 눈을 감아도 이마가 근질거려서 옆으로 돌아누웠다. 벽에 맞닿아 있는 냉장고가 돌아가는 소리가 들렸다. 자췻집에서 듣는 소리와 사뭇 달랐다. 핸드폰으로 친구들과 만날 약속을 잡다가 잠이 들었다. 눈을 떴을 때는 아침이었다. 창으로 들어오는 햇살에 묻혀 조명이 희미하게 빛났다.

선풍기 바람을 밤새 쐰 탓인지 머리가 아팠다. 구급함을 뒤져서 진통제를 삼켰다. 아버지가 씻는 동안 어머니는 된장찌개를 끓이고 있었다. 나는 냉장고에서 반찬을 꺼내 식탁에 늘어놓았다. 아침 식사를 하며 아버지는 내가 교대에 갔어야 했다고, 어머니는 어제 먹은 샤인머스캣이 별로였다고 거듭 말했다. 특별히 큰 문제가 있는 건 아니었다. 평범하다면 평범한 가족인데 나는 왜 부모님과 있으면 불행할까. 혼자서 고독과 대면할 때보다 훨씬 외로웠다.

아버지가 출근하고 나는 방에 도로 들어가 이불에 누웠다. 잠깐 자고 일어났더니 두통이 가셨다. 거실에서 어머니와 함께 텔레비전을 보다가 점심을 먹었다. 집에 간다고 하자 어머니가 어제 샤인머스캣을 담아 왔던 종이백에 밑반찬을 담아 주었다.

—어제 말했던 사람 만나볼래?

—유령이라서 안 된다니까.

나는 얼른 현관문을 열었다. 나중에 전화로 같은 말을

듣겠지만 일단 이 자리를 모면하고 싶었다. 밖으로 나오자 빗방울이 드문드문 떨어졌다. 나는 서둘러 걸음을 옮겼다. 한동안 여기에 오지 않아도 된다는 사실이 위안이 되었다. 젖은 먼지가 신발 바닥에 까맣게 들러붙었다.

지하철역에 내렸을 때는 장대비가 쏟아지고 있었다. 나는 에코백과 종이백을 겹쳐 안고 뛰었다. 집에 도착해서 반찬부터 냉장고에 집어넣고 젖은 옷을 갈아입었다. 샤워를 하고 나오니 내일 모임에 한 명이 빠지겠다는 메시지가 도착해 있었다. 날씨 때문인지 나중에 만나자는 식으로 이야기가 흘러갔다. 약국에서 일하게 된 사정을 어떻게 설명하나 싶었는데 고민을 덜었다.

시간이 지날수록 빗소리가 점차 커졌다. 냉장고 돌아가는 소리가 들리지 않을 정도였다. 나는 매애애, 하고 울어 보았다. 어쩐지 이틀 남은 휴가가 길게 느껴졌다.

*

비는 월요일 아침까지 그치지 않고 계속 내렸다. 나는 우산을 쓰고 좁은 골목을 빠져나갔다. 비가 얼마나 거세게 쏟아지는지 시야가 흐려질 정도였다. 운동화가 금세 젖어서 바닥이 질퍽거렸다. 물웅덩이를 피하다 보니 늘 가던 길을 지나는데도 평소보다 시간이 오래 걸렸다. 심지어 환승역에서는 길을 잘못 들었다. 우산을 든 사람들에게 휩쓸려 반대쪽으로 가다가 아차, 하고 방향을 틀었다. 핸드폰에는 손도 대지 못했다. 주위가 산만해서 자칫 내려야 할 역을 지나칠 것 같았다.

철교를 지날 때 밖을 내다보던 사람들 몇몇이 소리를 질렀다. '어어'라거나 '세상에'라거나 하는 가벼운 탄성이었지만 지하철에 탄 승객들의 시선을 한 번에 밖으로 쏠리도록 만들기에는 충분했다. 보는 순간 흠칫할 정도로 한강 수위가 높이 올라와 있었다. 커피믹스를 쏟은 것처럼 누렇게 변한 흙탕물이 울퉁불퉁 굴곡을 만들며 흘러갔다. 사람들이 웅성거리는 소리가 커졌다. 지하철에서 내릴 때까지 나는 긴장을 풀 수 없었다.

지상으로 올라가는 계단을 따라 빗물이 굽이굽이 흘렀다. 나는 우산을 쓴 채 계단을 올라갔다. 지하철역을 나오자 갑자기 주위가 어두워졌다. 문을 연 상점이 많지 않았다. 천을 한 겹 씌운 것처럼 가로등 불빛이 희미했다. 조금이라도 오목하게 팬 곳에는 어김없이 물이 들어찼다. 굵은 빗방울이 쉬지 않고 수면을 들쑤셨다. 물웅덩이를 밟았지만 아무 소리도 들리지 않았다. 나는 목소리를 내보았다. 빗소리에 묻혀 역시 들리지 않았다. 젖은 운동화의 무게가 다리를 잡아당기지 않았다면 꿈이라고 의심했을지 모른다.

사거리는 직선으로 이루어지므로 복잡할 이유가 없는데도 어쩐지 길을 헤매는 기분이 들었다. 아무리 걸어도 횡단보도가 나타나지 않았다. 한 걸음 옮길 때마다 운동화에 들어찬 물이 절벅거렸다. 어디선가 파도 소리가 들렸다.

너는 좋겠다.

혜가 어머니 병원비에 이어 남동생 결혼 비용에 또 예금을 깨서 보탰다는 이야기를 들은 지 얼마 되지 않았을 때였다. 내가 자취하기 전부터 시시콜콜한 이야기까지 다 털어놓았던 것에 반해 혜가 자기 이야기를 하기까지는 생각보다 긴 시간이 필요했다.

집에서 너한테 손은 안 벌리잖아.

가볍게 웃는 그의 눈이 숯덩이처럼 까매 보였다. 몸에 새겨진 불편한 감각은 뜻하지 않은 상황에서 되살아나고는 했다. 말다툼은 하지 않았지만 미묘하게 거슬리는 느낌이 차곡차곡 쌓여가면서 혜에 대한 이해가 불완전했다는 사실을 깨달았다. 시간이 지나면 그를 더 이해하게 되었을까, 아니면 이해하고 싶은 마음조차 사라졌을까.

도무지 길이 끝나지 않았다. 오래전부터 뒤로 걸은 듯한 기분이 들었다. 어지럼증을 느끼고 멈춰 서는데 갑자기 눈앞이 환해졌다. 고개를 들자 지난 한 달여간 눈에 익은 간판이 하얗게 빛나고 있었다. 언제 횡단보도를 건넜을까. 나는 핸드폰으로 시간을 확인했다. 몇 시간을 헤맨 것 같았는데 고작 10분밖에 지나지 않았다. 뒤를 돌아보았다. 그새 사람들이 출근해서 간판 불을 켰는지 거리가 알록달록해졌다. 나는 계단을 디디고 올라 약국에 들어갔다.

계산대에는 김 약사 혼자 앉아 있었다. 조는 아직 도착하지 않았다. 언제나 김 약사보다 먼저 와 있었는데 처음 있는 일이었다. 나는 운동화와 양말을 벗고 휴지로 물기를 닦아낸 다음 슬리퍼를 신었다. 튀어나온 발가락이 껍질 벗긴 포도알처럼 하얗게 불어 있었다. 우산꽂이 통을 들고 나와 화장품 진열대 옆에 내려놓자 자동문이 열렸다. 계단 아래에 조가 서 있었다.

— 늦으셨네요.

조가 손목시계를 보더니 언뜻 놀란 표정을 지었다. 뒤를 한번 돌아보고는 나를 향해 멋쩍은 듯이 말했다.

— 미안해요. 길을 잃어서요.

계단 높이만큼 조의 키가 줄었다. 고개를 들어 올리지

않아도 얼굴을 마주할 수 있을 정도로. 나는 조의 얼굴을 똑바로 보며 말했다.

— 저도 종종 잃어버려요.

조의 얼굴에서 피로가 지워지고 미소가 깃드는 과정을 지켜보았다.

— 저만 그런 줄 알았어요.

— 아닌데요.

— 그래요.

조가 계단을 밟고 올라오자 비슷하던 키가 도로 커졌다. 조는 우산을 접어 우산꽂이 통에 꽂았다. 바지가 푹 젖어서 무릎 아래가 짙은 색으로 물들어 있었다. 발걸음마다 바닥에 물웅덩이가 생겼다.

화장실에서 비틀어 짰는지 대걸레질을 하는 조의 바지 자락이 쭈글쭈글했다. 나는 도매상에서 배달 온 상자를 들고 조제실로 들어갔다. 식탁으로 사용하는 테이블 밑에 운동화를 비스듬히 세워뒀는데 그 옆으로 조의 구두가 나란히 세워져 있었다. 창고의 철제 선반에 널어놓은 짧은 발목 양말 옆에도 목이 긴 양말이 늘어져 있었다. 조제실 밖에서 김 약사가 조를 타박하는 소리가 들렸다. 조가 지각한 건 처음이라 그런지 잔소리가 길어지지는 않았다.

— 에휴, 무슨 비가 이렇게 내리나. 다들 감기나 걸려서 왔으면 좋겠네.

김 약사가 궁얼거렸다. 약사가 할 만한 악담은 아니었지만 어차피 손님 앞에서는 쓴소리 한번 못 할 사람이었다. 나는 한 달 치 처방전을 종이봉투에 담아 창고 선반 위에 올려두었다. 조는 문마다 붙여놓았던 휴업 안내문을 떼어냈다. 10시가 지나도록 손님이 없자 김 약사는 낮잠을 자러 조제실에 들어갔다.

— 휴가에 뭐 했어요?

— 본가에 다녀왔어요. 부장님은요?

— 친구 만났어요. 삼겹살에 소주 먹고, 이 차로 노래방 가고. 다들 내 사정을 아니까…….

계산대 안쪽 수납장에 약을 채우다 말고 조가 나를 바라보았다.

— 혹시 알고 있었어요?

— 뭐를요?

— 빚 있는 거요.

어떻게 대답할까 망설이는 태도가 대답이 되어버렸다. 조의 입가에 맺힌 쓴웃음에서 혜의 방이 떠올랐다. 현관에 흩어진 쓰레기, 화장대 위에 방치된 화장품, 발바닥에 달라붙는 먼지 덩어리, 시퍼렇게 곰팡이가 슨 귤. 보여주고 싶지 않았을 풍경을 기억하는 것만으로 손톱 밑의 가시 같은 존재가 될 수 있었다.

— 죄송해요.

— 화난 거 아니에요. 그냥…… 조금 쪽팔려서요. 국장님이 말했나 보네요.

— 아니요.

— 국장님이 말 안 했어요?

— 안 했어요. 부장님이 밖에서 통화하는 걸 우연히 들었어요.

— 의외네.

조의 중얼거림에 침묵으로 동의했다. 김 약사가 자주 성가시게 굴지만 넘지 말아야 할 선은 지킨다는 사실을 방금 확인한 셈이었다.

— 전에 제가 고깃집 한 적이 있다고 했죠.

내가 고개를 끄덕이자 조가 일부러 꾸민 듯한 밝은 목소리로 말했다.

— 자영업 중에 요식업이 가장 폐업률이 높다지만 그래도 만만한 게 식당 아니겠어요. 신중하게 한다고 컨설팅 회사에서 상담받고 오픈했는데도 매월 적자였어요. 나아지겠

지 하다가 모아놓은 돈을 다 까먹고 빚까지 져서…….

조가 어깨를 으쓱했다. 내려앉은 어깨가 기울어지기 전에 내가 매듭을 지었다.

— 유령이 되었군요.

가만히 나를 보던 조가 고개를 끄덕였다. 이제까지 쌓아온 것들을 전부 무너뜨린 경험이 나에게도 있었다. 숨 쉬는 법을 모르던 물고기는 숨 쉬는 법을 잊은 물고기가 되었다. 바다는 여전히 푸르고 거대했다. 끝났다거나, 실패했다거나, 돌이킬 수 없다는 말보다는 유령이 되었다고 하는 편이 나았다. 무심코 왼 손목을 문지르는데 조가 내 손의 움직임을 바라보았다. 내가 조의 약지에 남은 흔적을 보고 떠올린 생각을 조 역시 하고 있을지도 모른다는 생각이 문득 들었다.

— 모기.

— 네?

— 모기가 있나 봐요.

조가 내 팔을 손가락으로 가리키며 말했다. 왼쪽 팔뚝에 모기가 문 자국이 발갛게 올라와 있었다. 그때까지 별 느낌이 없었는데 물린 자국을 보니까 갑자기 간지러웠다.

— 벌레 물린 데 붙이는 스티커 있는데, 줄까요? 바르는 약보다 효과 좋아요.

— 손님 없다고 저한테 영업하시는 거예요?

웃어넘기려 했지만 조가 진열대로 가서 벌레 물린 데 붙이는 스티커를 가져왔다. 항상 구두를 신던 조가 맨발에 슬리퍼를 신고 있었다. 밖으로 삐져나온 발가락이 하얗게 불은 내 발가락 모양과 비슷했다. 나는 잠자코 손을 내밀어 스티커를 받았다.

조제실에서 코 고는 소리가 시끄러워졌을 때 자동문이 열렸다. 우산꽂이 통에 우산이 하나 더 꽂히자 조가 일어나 조제실의 불을 켰다. 나는 핸드폰을 내려놓았다. 억센 비를 뚫고 와야 했을 첫 손님이었다.

0.6

경계선만큼 유동적인 세상도 없다. 아무리 잔잔한 수면이라도 물과 공기의 경계에서 끊임없이 증발과 응결이 일어난다. 물 분자가 치열하게 움직인 결과가 멈춰 있는 것처럼 보이는 수면이다.

*

수습 기간이 끝났다. 한 사람 몫은 하게 되었다는 의미이다. 한 사람 몫은 해야 한다는 의미이기도 하다. 약국은 정해진 급여일이 따로 없어서 조가 가르쳐준 대로 김 약사에게 한 달이 지났다고 말했다. 김 약사는 월급날만 빨리 돌아온다고 투덜대더니 낮잠을 자러 조제실에 들어갔다.

— 심평원에 청구하는 법 알려줄게요.

조가 다가오며 말했다. 나는 수첩을 꺼냈다. 마우스를 흔들어 화면보호기를 없애자 모니터에 EDI 프로그램이 나타났다.

— 전월로 기간 지정하고 오류 검사부터 해야 돼요. 수신자 정보에서 오류 뜨면 하단에 참고 사항 보고요. 조제약품 중복 뜨면 처방전 원본 확인하고요.

평소에 안 쓰는 기능인 데다가 과정이 복잡해서 수첩에 프로그램 화면까지 그려가며 필기했다. 내가 다 적을 때까지 기다렸다가 조는 다음 단계를 설명했다.

— 송신하기 전에 국장님께 먼저 확인받고요. 하루나 이틀 뒤에 심평원에서 조회할 수 있어요.

월초에 할 일이 추가되었다. 월별로 할 일을 정리해둔 데로 넘겨서 볼펜을 움직이다가 예전에 쓴 메모를 발견했다.

— 향정약 재고 조사는 어떻게 해요? 청구하기 전에 하면 좋다고 전에 말씀하셨는데…….

— 향정약은 국장님께 배우세요. 약국마다 방법이 조금씩 달라서요.

조가 계산대를 짚고 있던 손을 떼고 한 손으로 허리를 두드렸다. 메시지 알람이 울려서 확인하니 어머니가 소개한 남자였다. 어차피 하게 될 일이라면 더 시달리기 전에 빨리 해치워버리자 싶어 며칠 전에 연락처를 받았다. 만나기로 한 날짜와 장소를 확인하는 메시지에 답장을 보내고 핸드폰을 내려놓았다. 자리로 돌아간 줄 알았던 조가 아직 옆에 서 있었다. 나는 조에게 물었다.

— 소화제 남은 거 있어요?

— 속이 안 좋아요?

— 체기가 있어서요.

어느새 아픈 기미만 있어도 약을 먹는 데에 익숙해졌다. 나는 조가 준 알약을 드링크와 함께 삼켰다.

— 젤리 먹을 수 있어요?

습관적으로 손을 내밀자 조가 복숭아 맛 젤리를 손바닥 위에 툭툭 쌓아주었다. 언제부터 베팅에서의 승패와 상관없이 주전부리를 사 왔는지 알 수 없었다. 더불어 거절할 타이밍 또한 모르는 새에 놓치고 말았다. 나는 반투명한 분홍색 젤리를 하나 입에 넣었다. 약의 목적이 치료에 있다면 젤리도 일종의 약이랄 수 있었다. 쓴맛이 감돌던 입 안에 복숭아 향이 퍼지면서 답답하던 속이 편해졌다.

— 양 양, 작은 상자 모아놨지?

나는 김 약사와 함께 조제실에 들어갔다. 김 약사가 시키는 대로 'ㄱ'으로 시작하는 라벨이 붙어 있는 약상자를 꺼냈다. 빈 상자를 선반 높이에 맞춰 자른 다음 새 라벨지를 앞에 붙이고 약 이름을 베껴 적었다. 유통기한이 지난 약이 없는지 확인해서 새로 만든 약상자에 옮겨 담았다. 김 약사는 약상자를 바꾸는 법만 알려주고 매장으로 돌아갔다. 나는 벽을 꽉 채우고 있는 100여 개쯤 되는 선반을 둘러보았다. 튀어나오려는 한숨을 삼키고 커터를 들었다.

— 장갑 끼고 해요. 손 다쳐요.

창고에 들어가던 조가 말했다. 손님이 올 때마다 조제실과 계산대를 오가며 상자를 자르다가 작은 상자를 몇 개 매장으로 가지고 나왔다. 약국은 한동안 내가 서걱서걱 상자를 자르는 소리와 조가 덜그럭거리며 상품을 진열하는 소리로 가득 찼다. 김 약사는 번갈아 참견하다가 텔레비전을 켰다.

올여름은 맑은 날만큼 흐린 날이 있었다. 작은 빗방울이 흩날리며 안개가 낀 것처럼 시야가 뿌예졌다. 한차례 손님이 몰렸다가 빠지고 머리가 반백인 여자가 들어왔다. 열린 문으로 아직 그치지 않은 부슬비가 보였다. 처방전을 입력하고 약을 조제할 동안 여자는 텔레비전 아래 작은 소파에 앉아 있었다.

— 어제 제사 끝나고 싸준 음식을 가져왔는데 꺼내보니까 먹다 남은 조기가 들어 있는 거야. 그 전에는 개가 파먹은 과일을 싸준 적도 있다니까. 형님이 그렇게 심보가 고약

해. 나라면 남 부끄러워서라도 그렇게 못 하겠네. 없이 산다고 아주 우습게 여기는 거지. 자기는 줘도 안 먹을 걸 떠안기면서 큰 선심이나 쓰는 줄 안다니까.

여자는 마치 들으란 듯이 선명한 목소리로 끊임없이 중얼거렸다. 김 약사가 조제약을 계산대에 올려두고 의자에 앉았다. 내가 여자의 이름을 부르려고 하자 가만히 두라고 언질을 주었다. 옆에서 쳐다보는 조에게도 김 약사는 고개만 설레설레 저었다.

— 약 다 됐어? 조금만 더 앉아 있다가 갈게. 원래 더위 잘 안 탔는데 요즘은 시도 때도 없이 더워. 이게 다 화병 때문이야. 병원에서 주는 약을 먹어도 그때뿐이고 낫는 것 같지가 않아.

머리가 반백인 여자가 대상을 특정 짓지 않고 허공을 향해 말했다. 고저 차가 거의 없는 목소리 톤이 어머니를 닮았다고 생각한 순간 오싹 소름이 끼쳤다.

— 동서한테는 한 번도 그런 적이 없어. 자고 갈 때도 동서는 작은방을 내주고 우리는 외풍이 드는 거실에서 자라고 하는 거야. 그런 일이 한두 번이 아니야. 바깥양반은 한마디 말도 못 하고 허허 웃고만 있으니까 나만 속이 뒤집히지.

나는 잘라놓은 상자를 가지고 조제실로 들어갔다. 손을

씻는 동안 물소리가 방음벽이 되어주었다. 'ㄱ'으로 시작하는 약 정리를 끝내고 핸드폰을 꺼냈다. 10분 정도 트윗을 읽다가 조제실을 나왔다. 머리가 반백인 여자가 여전히 혼자 중얼거리고 있었다.

— 바깥양반이랑 결혼할 때 꿈에서 송아지가 나타났거든. 앞길을 막는 걸 밀치고 가다가 귀신이랑 마주쳤단 말이야. 엎치락뒤치락 싸우다 귀신이 도망갔는데 가만두지 않겠다며 소리치던 목소리가 아직도 생생해. 지금 이 모양으로 사는 게 그 탓이 아닌가 싶고…… 소는 꿈에서 조상님이라고 하잖아. 바깥양반은 점을 본다고 해도 펄쩍 뛸 사람인데 마음 같아서는 굿이라도 하고 싶어.

들어오는 손님마다 힐긋거려도 여자는 전혀 알아채지 못하는 듯했다. 조는 감기약을 사러 온 손님에게 비타민제를 권했다. 김 약사는 텔레비전 채널을 이리저리 바꾸었다. 나는 상자를 자르다가 커터에 손가락을 베였다. 비명을 지른 것도 아닌데 조가 다가왔다. 조는 서랍에 있던 소독약을 꺼내 상처를 소독하고 손가락에 빙 둘러 밴드를 감아주었다. 나는 밴드가 감긴 손가락을 문질렀다. 이질적인 촉감이 손끝을 스쳤다. 조가 창고에 들어가고 나는 다시 상자를 자르기 시작했다.

— 얼마 전부터 밤중에 전화가 걸려 오는 거야. 받으면 엉뚱한 사람만 찾아. 젊은 남자가 누나라고 부르더니 자기가 기철이라는 거야. 기철이라는 이름은 처음 들어보는데 자꾸 누나라고 해. 바깥양반한테 물어봐도 그런 사람은 모른다 그러네.

신경 쓰지 않으려고 해도 자꾸 여자의 말이 귀에 들어왔다. 전화벨이 울렸을 때는 나도 모르게 손을 멈추고 말았다. 김 약사가 낮은 목소리로 짧게 몇 번 대답하다가 전화를 끊었다. 바로 자리에 앉지 않고 어딘가를 지그시 쳐다보던 김 약사가 쯧 혀를 차며 중얼거렸다.

— 에휴, 그렇게 짠돌이처럼 굴더니…… 양 실장.

직함으로 불리기는 오랜만이었다. 김 약사는 나에게 땅부자 할아버지의 조제약을 해체하라고 지시했다.

— 미리 처방전도 맡겨 놓으셨는데…… 뭐라 하시지 않을까요?

조제를 잘못해서 약봉지를 뜯은 적은 있지만 이미 찾아가라고 메시지까지 보내놓고 그런 적은 없었다. 게다가 땅부자 할아버지는 반드시 지불한 돈의 대가를 챙겨 갈 사람이었다.

— 안 와. 이제 안 오실 거야.

김 약사가 특유의 꼬리가 올라가는 말투로 말했다.

— 유령이 됐거든.

한쪽이 휘어 보이는, 왼쪽인지 오른쪽인지 정확하게 짚을 수 없지만 어딘가 휘어 있는 얼굴로 김 약사가 웃었다. 그렇군요, 하고 넘기기에는 땅부자 할아버지의 나이가 걸렸다. 커터를 잡지 않은 손으로 허벅지를 문질렀다. 산 사람도 유령이 될 수 있다던 김 약사의 말이 떠올랐다. 면접을 보던 날이었다. 그날 약국에서 처음 만난 손님이 땅부자 할아버지였다. 나는 자동문을 쳐다보았다. 누군가 들어온 것 같은데 아무도 없었다, 머리가 반백인 여자 외에는.

— 또 전화가 왔는데 이번에는 노친네 목소리야. 목에 가래가 끓는 것처럼 걸걸한 목소리로 향우냐, 그러는 거야. 누구시냐고 물어도 향우냐, 라는 말만 세 번 하고 전화를 끊더라니까.

전화벨이 또 울렸다. 김 약사는 전화를 받지 않았다. 조제실 커튼을 젖히고 나온 조가 서둘러 수화기를 들었다. 나직한 목소리로 응대하던 조가 전화를 끊은 뒤에 땅부자 할아버지를 언급했다.

— 돌아가셨대요. 환불은 나중에 받으러 오겠다고 하시네요.

조가 시선을 내게로 돌리며 나지막한 목소리로 말했다.

— 연세 있으신 분들은 간혹 이런 경우가 있어요.

나는 장례식장에 가본 적이 없었다. 먼 친척의 부고에 부모님이 검은 옷을 입고 나가는 모습을 몇 번 보았을 뿐이다. 4를 F라고 표시한 엘리베이터 버튼을 미신이라고만 생각했었다. 죽음은 갑작스러우며 생각보다 흔하다는 걸 실감하는 순간 다리가 아팠다. 언젠가 H자 엠블럼을 단 파란색 차에 부딪힌 자리였다. 똑, 똑똑, 똑똑똑, 똑똑…… 문틈으로 밀려 들어온 물이 발목을 휘감았다. 수면이 무릎을 지나 허리까지 올라왔다. 물은 계속 차올라 몸을 조였다. 냉기에 가슴이 시렸다. 물속에서 불빛이 움직였다. 미지의 생물이 우는 소리가 들렸다.

— 그만 가야지…… 가야 하는데…….

김 약사가 텔레비전을 켰다. 보험 광고가 약국 안에서 나는 소리를 모두 지워냈다. 땅부자 할아버지가 앉아서 수다를 떨다 가던 소파에 지금은 머리가 반백인 여자가 앉아 있었다. 나는 손가락을 하나씩 움직였다. 하나, 둘, 셋, 넷, 다섯. 하나, 둘, 셋, 넷, 다섯. 팔걸이를 움켜쥐고 자리에서 일어났다. 4를 직시하기보다 뭐라도 하는 편이 좋을 듯했다.

땅부자 할아버지의 약은 아침에 일곱 개, 저녁에 아홉

개였다. 한 달 치라서 포지를 뜯어 그릇에 쏟아붓는 데만도 한참 걸렸다. 조가 조제실로 들어오더니 같이 약을 분류해 컵에 담기 시작했다. 나는 파란색 캡슐 약을 골랐고, 조는 흰색 정제약을 골랐다. 조가 워낙 빨라서 그 속도를 따라잡으려다 손가락이 부딪쳤다. 튕겨 나간 약이 바닥에 굴러떨어지기 전에 조가 잡았다.

— 향정약 처방받는 손님 중에 가끔 저런 분이 있어요.

약을 컵에 집어넣으며 조가 말했다. 커튼 너머로 머리가 반백인 여자의 목소리가 희미하게 들렸다.

— 혼자서 한참 넋두리하는데 뭐라고 해도 말을 듣지 않아요. 그냥 놔두면 제풀에 지쳐 돌아가더라고요. 마음이 아파서 그런 거니까 무서워하지 말아요.

— 무서워하는 것처럼 보였어요?

— 아닌가요?

나는 '아닌데요'라고 대답하려던 말을 목구멍으로 삼켰다. 조가 완전히 잘못 짚지는 않았다. 나는 오랫동안 어머니가 무서웠다. 단지 그뿐이었다면 차라리 마음이 편했을 것이다.

약사와 의사의 구분이 없던 시절에는 신과 교감하는 사람이 치료를 담당했다. 약국은 사원에서 비롯되었다 해도 틀린 말이 아니다. 신탁 대신 약을 받아가는 사람들의 속성도 그때와 크게 다르지 않았다. 과학이 명징하게 보여주는 세상을 다 이해하기란 어렵고, 이해하지 못하면 오히려 혼란스러워진다. 불안을 방치하느니 무언가를 믿는 편이 훨씬 쉬운 일이었다. 유령이 존재한다든가. 어머니가 나를 사랑한다든가.

— 다른 들어줄 사람이 없는 거잖아요. 국장님 좋은 일 하시네요.

마음의 경계가 선명하다면 얼마나 좋을까. 양면적인 감정 사이에서 끊임없이 흔들리다가 피곤해진다. 조가 쳐다보는 줄 알았지만 나는 모른 척 약만 골라냈다. 약 분류가 끝나자 조는 빈 상자를 들고 밖으로 나갔다. 나는 약을 각각 빈 통에 담고 이름을 적었다.

매장에 나가자 머리가 반백인 여자가 주섬거리며 일어나고 있었다. 스르륵 열린 자동문 너머로 빗줄기가 허공에 금을 그었다. 머리가 반백인 여자가 나가고도 문은 계속 열려 있었다. 종소리가 울리고 향냄새를 닮은 알싸한 냄새가 코끝을 스쳤다.

— 그건 왜 도로 가지고 들어와.

— 비가 와서요. 젖으면 폐지 가져가시는 분이 힘들잖아

요. 내일 아침에 내다 놓을게요.

— 별걱정을 다 하네.

조는 창고에 상자를 두고 우산꽂이 통을 가지고 나왔다. 우산꽂이 통을 화장품 진열대 옆에 내려놓자 그제야 자동문이 닫혔다. 투명한 벽이 흠집이 난 세상을 가로막았다. 유리문에 작은 빗방울이 끊임없이 달라붙어 맺히다 흘러내렸다.

퇴근길에 계좌를 확인하니 월급이 들어와 있었다. 화장품 가게에 들러 조에게 선물할 파우더를 구입하고 지하철을 탔다. 숯불갈비를 먹고 싶었지만 고깃집에서 혼자 고기를 구울 자신이 없어서 찹스테이크를 배달시켰다.

빈 통에 담아둔 땅부자 할아버지의 약은 며칠 뒤 다른 손님의 처방전에 모두 사용했다.

*

커뮤니티에 정치 관련 글이 부쩍 늘었다. 가짜 뉴스가 기사화되는 걸 여러 번 보았으므로 다 믿지는 않았다. 언론이 아니라도 불신과의 공존은 일상이었다. 운세 사이트에서 한 줄짜리 정보를 열 줄로 늘리는 일을 한 뒤로 운세를 믿지 않았다. 홍보용 제품을 블로깅하고 포털사이트에 연관 검색어를 올리는 일을 한 다음부터 블로그를 믿지 않았다. 아버지가 성매매한 것을 알고부터 아버지를 믿지 않았고 교사 또한 믿지 않았다. 불신으로 점철된 세상은 지극히 평평해서 밖으로 한 발만 잘못 디뎌도 낭떠러지로 떨어질 것 같았다. 덕질을 하지 않았다면 숨 쉬는 법을 모르는 물고기조차 되지 못했을 것이다. 매료의 기억을 붙들고 간신히 사춘기라는 급류를 거슬러 올랐다.

핸드폰을 내려놓고 상자를 하나 잘랐다. 뒷면이 보이는 핸드폰을 힐끔거리다가 손을 뻗어 액정이 보이도록 뒤집어놓았다. 어머니가 소개한 남자와는 커피만 마시고 헤어졌다. 주말이 지나도록 남자로부터 아무 연락이 오지 않았다. 나는 저녁에 로제 떡볶이를 시켜 먹자고 결정했다.

— 어서 오세요.

중년의 남자가 들어와 처음 보는 병원의 처방전을 내밀었다. QR 코드가 없어서 수동으로 입력하다가 약국에 없는 약을 발견했다. 김 약사가 처방전을 확인하고는 중년의 남자에게 말했다.

— 약이 하나 저희한테 없네요. 대체조제 해드릴게요.

— 그게 뭐예요?

— 성분은 같고 이름만 다른 약으로 조제하는 거예요. 제약사가 엄청나게 많잖아요. 그 회사들이 전부 같은 성분의 약을 만드는데 우리가 그걸 어떻게 다 가지고 있겠어요. 그래서 성분도 함량도 같으면 다른 회사 약으로 바꿔서 대체조제 할 수 있어요. 병원에도 연락해서 알려줄 거고요.

— 처방전에 있는 약으로 해주시면 안 돼요?

— 지금 이 약이 없어요. 주문해도 받는 데 시간이 걸려요. 이 근처 병원들은 이 약을 처방하지 않으니까 다른 약국에 가도 똑같아요. 진료받은 병원이 강남이잖아요. 거기까지 언제 다시 가겠어요. 에휴, 그냥 여기서 대체조제 하세요.

믿음 앞에서 논리가 무용한 만큼 불신 앞에서도 논리는 무용했다. 거듭되는 질문에 김 약사가 반복해서 설명했지만 중년의 남자는 도로 처방전을 가지고 약국을 나갔다. 문이 닫히자 김 약사가 투덜거렸다.

— 성분이랑 함량이 같으면 그게 그거지. 사람들이 이해를 못 해. 성분명 처방으로 바뀌어야 이런 문제가 없지.

— 의사가 반대한다면서요.

— 제 잇속 차리느라 그러는 거야. 성분명 처방으로 바뀌면 제약사에서 의사를 찾아가겠어? 자기네 약 좀 써달라

고 리베이트 하는 건데. 에휴, 리베이트만 없어져도 약값이 뚝 떨어질 텐데 말이야.

— 그렇죠…….

나에게는 조의 대답이 글쎄요오오, 로 들렸다. 리베이트는 없어지지 않을 것이다. 의사에서 약사로 대상만 바꾸겠지. 사실 김 약사가 영업사원에게 부리는 갑질도 규모의 차이가 있을 뿐이지 리베이트라고 할 수 있었다. 조도 알고 나도 아는 걸 김 약사는 모르는 것처럼 보였다.

— 약마다 차이가 있다고 핑계를 대는데 요즘 복제약 아닌 게 어디 있어. 안 그래?

— 그렇죠…….

— 혈압약 사태도 중국산 원료 때문이잖아. 식약처에서 일만 똑바로 하면 문제 될 게 없다니까.

— 그렇죠…….

조는 김 약사의 말에 무심하게 대답하며 라벨기로 가격표를 붙였다. 나는 배달 온 상자에서 조제약을 꺼내 갔다. 자주 쓰는 약은 어느 정도 위치를 기억해서 정리하는 시간이 빨라졌다. 매장에 돌아가기 전에 혈압약 사태에 대해 검색해보았다. 발암물질이 검출되어 고혈압치료제가 판매 중지되었다는 기사를 예전에 본 기억이 났다. 성분명 처방도 검색해보았다. 약사 입장과 의사 입장이 선명하게 상반되었다. 환자 입장에서는 다 그럴듯하게 들리는 의견이었다. 혜가 옆에 있을 때는 정보의 취사선택이 수월했다. 커뮤니티가 두 번째 창이 되어주었지만 해일처럼 넘어오는 정보에 발이 젖었다. 무엇을 믿어야 할지 선택하는 과정은 젖은 운동화를 신고 돌아다니는 일과 비슷했다. 멈추기 전에는 발을 말릴 수 없었다. 나는 스트레칭을 하고 조제실을 나갔다.

김 약사가 텔레비전 채널을 뉴스에 고정했다. 눈에 익은 정치인이 등장했다 사라졌다. 채널이 다시 돌아가고 종이 울렸다. 조가 식당 주인에게서 쟁반을 받아 들었다. 나는 가방에서 파우더를 꺼내 핸드폰과 겹쳐 쥐고 조제실로 들어갔다.

— 선물이에요.

파우더를 테이블에 올려 조가 앉은 쪽으로 밀었다.

— 항상 얻어먹잖아요. 고마워서요.

— 어차피 공돈으로 사 온 건데요.

조의 표정이 모호했다. 기뻐하기는커녕 언짢아하는 것처럼 보여서 선물을 잘못 골랐나 싶었다. 조는 파우더를 만지작거리다가 테이블에 내려놓으며 말했다.

— 모르지 않을 줄은 알았지만 어떻게 알면서 한 번도

안 묻네요.

— 뭐를요?

— 제가 화장을 시작한 이유요.

— 이유가 필요한가요?

— 보통은 궁금해하던데요. 국장님도 그렇고.

— 국장님이 보통인가요?

조가 한쪽 눈을 찡그리며 웃다가 숟가락을 들었다. 나에게도 식사를 하라는 손짓을 해 보였다. 공깃밥 뚜껑을 열자 하얀 김이 모락모락 올라왔다.

— 가게 할 때 화장을 시작했어요. 자꾸 매출이 떨어지니까 인상이 나빠서 그런가 싶어서 낯빛이라도 밝아 보이려고요. 그때는 지푸라기라도 잡고 싶은 심정이었거든요.

— 힘드셨겠네요.

— 아, 밥 먹는데 이런 얘기 좀 그렇죠.

— 저는 괜찮아요. 부장님만 괜찮으시면요.

잠시 어색한 침묵이 지나갔다. 조는 밥을 떠먹고 멸치를 집어 입에 넣었다. 나는 미역냉국을 한 숟갈 맛보았다. 새콤달콤했다.

— 습관이 됐는지 화장을 안 하면 불안해져서 계속하게 되네요.

— 그럴 수 있죠.

— 원래 안 했어요? 화장이요.

조가 나를 쳐다보며 물었다. 나는 망설이다가 고개를 끄덕였다. 화장을 했다가 안 하게 된 과정을 설명하기보다 한 적이 없다고 믿게 하는 쪽이 편했다.

— 상담했던 컨설팅 회사를 다시 찾아갔는데 사무실에 다른 회사가 들어와 있더라고요. 그때라도 가게를 접었어야 했는데…… 미련을 못 버리고 버텨보겠다고 빚을 진 게 실수였어요. 추심 전화만 오면 머리가 지끈거려서 없던 두통까지 생겼잖아요. 회생 신청해서 이제 추심 전화가 안 오니까 훨씬 살 만하네요.

언제부터인가 조는 먼저 식사를 끝내고도 내가 숟가락을 내려놓을 때까지 자리를 지켰다. 오늘은 반대로 내가 먼저 밥을 먹고 조가 식사를 끝내기를 기다렸다.

— 보증금은 전부 빚 갚는 데 쓰고 본가에 들어갔어요. 남동생이 작년에 결혼해서 방이 비었거든요. 가구나 집기 같은 건 전부 중고로 팔고 옷이랑 칫솔만 가져왔죠.

— 저도 처음 자취 시작할 때 옷이랑 칫솔만 들고 갔어요. 라면은 끓여 먹어야 하니까 나중에 냄비랑 그릇을 하나씩 집에서 가져갔는데 엄마가 얼마나 눈치를 주던지…….

과장되게 한숨을 쉬는 시늉을 했더니 조가 웃었다. 마지막 밥 한술에 멸치를 마저 다 집어 먹고 조가 입을 오물거렸다. 나는 수저를 내려놓으며 말했다.

—물 마실래요?

조의 대답을 기다리지 않고 정수기에서 물을 떠 왔다. 조는 내 손에서 받아 든 종이컵을 입술에 붙이고 기울였다. 목울대가 움직이는 모습을 지켜보다가 나는 말했다.

—추석이 얼마 안 남았네요.

—올해 추석이…….

—다음 달이에요.

어느새 8월도 중순을 넘었다. 수습 기간에 허둥대던 기억이 아득해졌다. 평범한 일상은 편안한 일상으로 대체되어갔다. 유령이 된 삶도 별거 없구나. 보통 3개월을 넘기면 1년을 채우기 수월해진다. 오늘 같은 날이 죽 이어진다면 계속 유령으로 살아도 괜찮지 않을까 하는 생각이 문득 들었다. 생일까지 이제 한 달 남짓 남았다.

0.7

조제약은 의사의 처방이 필요하지만 일반약은 누구나 쉽게 쇼핑한다. 열이 나면 해열제, 속이 거북하면 소화제, 설사가 나면 지사제, 염증에는 진통소염제. 스스로 판단하여 복용 여부를 결정한다. 부작용은 오롯이 내가 감당할 몫이다.

*

— 낙엽은 항상 위에서 아래로 떨어지잖아요. 지구에 활엽수가 생긴 이래로 변한 적이 없는 규칙이에요. 다만 떨어진 낙엽이 바닥 어디에 도착할지는 아무도 예측할 수 없어요. 수많은 요소들이 연쇄작용을 일으켜버리니까요. 거시적인 방향은 정확하게 알 수 있지만 미시적인 도착점은 대강 알 수밖에 없죠.

젊은 남자가 안경을 벗었다. 마르고 키가 작아서 나이보다 훨씬 어려 보이는 인상이었다. 구부정하게 등을 구부린 자세로 계산대에 팔을 짚고 서 있는데 당장 주저앉아도 이상해 보이지 않을 정도로 안색이 창백했다. 젊은 남자는 눈두덩이를 문지르고 다시 안경을 썼다.

— 크론병에 걸릴 확률은 대략 영 점 일프로예요. 천 명 중에 한 명이라는 가능성은 항상 존재하고 저는 우연히 그 한 명이 되었죠. 확률이라는 우주의 법칙에 걸려든 거예요.

김 약사는 바뀐 약이 차도가 있냐고 물어봤을 뿐인데 그에 대한 대답이 우주의 법칙에까지 이르렀다. 젊은 남자가 하는 말을 경청하며 김 약사는 고개를 끄덕였다. 젊은 남자는 발을 질질 끄는 걸음새로 약국을 나갔다. 문이 닫히자마자 기다렸다는 듯이 김 약사가 에휴, 추임새를 넣었다.

— 얼마나 똑똑하고 공부도 잘했는지 몰라. 작년에 서울대에 합격했잖아. 그러면 뭐 해. 휴학하고 언제 복학할지 알 수 없게 됐는걸. 증세가 심해서 군대도 면제받았다니까. 부모들이 자식 자랑하던 말이 쏙 들어갔잖아. 서울대 들어간 아들이 취업은커녕 사회생활도 제대로 못 하게 생겼는데 오죽하겠어.

언뜻 걱정해주는 말처럼 들려도 표정을 보면 진심이라고 믿기 어려웠다. 머릿속이 복잡할 때는 그 가벼운 태도가 부럽기도 했지만 닮고 싶지는 않았다.

— 어서 오세요.

손님에게서 처방전을 받아 입력하다가 투여량과 투여일의 숫자가 바뀐 걸 발견했다. 김 약사가 정형외과에 전화하는 동안 나는 조제실에 들어가 약을 주걱에 늘어놓았다. 김 약사가 조제실로 들어와 약을 확인하고 포지에 담았다. 연이어 들어오는 손님을 맞아 바쁘게 일하다가 매장이 비자 김 약사가 제 허리를 툭툭 두드렸다.

— 우주의 법칙이 나한테는 왜 안 오나 몰라. 로또에나 당첨되게 해주지.

젊은 남자가 하는 말을 어지간히도 대충 들은 게 틀림없었다. 불운의 확률을 말하고 갔음에도 불구하고 우주의 법칙이 행운으로 작용하길 바라는 걸 보면. 아니면 애초에 운을 믿지 않는지도 몰랐다. 곧잘 속물적인 말을 내뱉기는 해도 김 약사가 복권을 샀다는 얘기는 들어본 적이 없었다. 조는 여전히 날마다 토토를 했다. 간식도 매일 다른 종류로 사 왔다. 거절할 생각은 들지 않았다. 달콤한 걸 먹을 때마다 행운을 나누어 받는 느낌이 들었다.

커터를 내려놓고 'ㅅ'으로 시작하는 라벨이 붙어 있는 약상자 교체를 마무리했다. 나름 일하는 속도가 느리지 않다고 자부했는데 김 약사가 더 서두르라고 닦달했다. 그 탓이었는지 오후에 실수를 했다. 조제하면서 8밀리그램 용량을 16밀리그램 용량으로 잘못 넣었다. 엎친 데 덮친 격으로 그 손님은 예전에도 잘못 조제한 약을 받은 적이 있다고 했다. 조가 서둘러 전화를 걸었다.

— 죄송합니다. 네, 네. 약은 바로 퀵으로 보내드릴게요. 주소 불러주세요. 네, 정말 죄송합니다.

책임을 묻는다면 사실 감독을 소홀히 한 김 약사 몫이 가장 컸다. 김 약사도 그걸 아는지 크게 뭐라고 하지는 않았지만 직접 문제를 해결하려 들지도 않았다. 엉뚱하게도 아무 잘못이 없는 조가 30분 가까이 통화를 하고 전화를 끊었다.

머리로는 알고 있었다. 김 약사는 고용주로서 다른 방식으로 책임을 지게 되어 있으며, 조는 피고용인으로서 마땅히 해야 할 일을 했다고. 약국 일을 시작한 지 두 달도 채 되지 않은 알바생에게 잘못을 따지지 않을 테지만, 이해와 수용은 다른 문제였다. 조가 시야에 들어올 때마다 마음이 불편했다.

김 약사가 리모컨을 들었을 때는 다행이다 싶었다. 예능 프로그램에서 사람들이 웃는 소리가 약국을 가득 채웠다.

나는 'ㅇ'으로 시작하는 라벨이 붙어 있는 약상자를 교체하기 시작했다. 조가 대걸레를 가져와 가랑비가 내리면서 지저분해진 바닥을 닦았다. 발자국을 다 지웠을 때 손님이 들어와 새로운 발자국을 남겼다. 키가 큰 중년의 여자였는데 우산을 우산꽂이에 꽂자마자 거침없는 걸음걸이로 계산대까지 걸어왔다.

— 오빠, 얘기 좀 해.

중년의 여자가 김 약사를 똑바로 쳐다보며 말했다. 김 약사는 얼굴을 찌푸렸다.

— 일하는 중이잖아. 나중에 해.

— 만날 수가 있어야 나중에 하지. 지금 해.

키가 큰 중년의 여자는 계산대 안으로 들어와서 김 약사의 팔을 끌고 조제실로 들어갔다. 성적 긴장감은 손톱만큼도 찾아볼 수 없는 분위기에 여동생이 아닐까 짐작해보았다. 조제실 안에서 플라스틱 의자를 끄는 소리가 들리더니 조용해졌다. 조를 쳐다봤지만 그 역시 아는 게 없는지 어깨를 으쓱했다. 귀를 기울여봐도 무슨 이야기를 하는지 알아듣기 어려웠다. 목소리의 높낮이만 벌이 나는 소리처럼 등고선을 그렸다. 나는 비어 있는 자리를 힐끔 보고 마음 언저리에 눌러놨던 말을 꺼냈다.

— 아까는 죄송했어요.

— 네? 아, 그거…… 신경 쓰지 말아요.

조는 손을 휘저으며 조제실에서 눈을 떼지 않았다. 언성이 높아지더니 알아듣기 힘들었던 말소리가 선명해졌다.

— 아빠한테 가보기는 해? 집 팔아서 약국까지 차려줬는데 요양원에나 처박아두고. 돈만 내면 그만이냐고. 집 한 채 받지 못한 내가 왜 뒤치다꺼리를 해야 돼. 엄마는 아직도 혼자 집안일 다 하신다며? 몸도 성치 않은 분 그만 부려먹어.

중년의 여자가 이제까지 김 약사가 입 한번 벙긋하지 않았던 가정사를 흘렸다. 어머니와 함께 살고, 아버지가 요양원에 있다는 정보가 원치 않게 머릿속에 저장되었다. 김 약사가 뭐라고 대꾸하는 것 같기는 한데 목소리가 커튼을 넘지 못했다. 시간이 지나도 웃음소리가 나오지 않아 화기애애한 분위기가 아닌 줄은 알았지만 말다툼으로 이어질 줄은 몰랐다.

도매상에서 약이 배달 왔지만 조제실에 들어갈 수 없었다. 약 위치를 검색해 명세표에 적어만 두었다.

— 초콜릿 먹을래요?

조가 낱개 포장 된 초콜릿을 내 손 위에 쌓아주었다. 나는 비닐 포장지를 비틀어 네모난 초콜릿을 꺼냈다.

— 부모님하고 사이 안 좋죠?

나는 고개를 들었다. 서 있어도 올려다봐야 하는데 앉아 있으니 조의 얼굴이 까마득하게 높았다. 초콜릿을 혀로 굴리는지 턱이 꿈틀거리며 움직였다.

— 가족 얘기를 잘하지 않길래요.

나는 긍정도 부정도 하지 않은 채 초콜릿을 입에 넣었다. 그새 녹아 진득진득한 액체가 손가락에 까맣게 묻었다.

— 나도 그랬는데 아버지 아프시면서 달라진 것 같아요. 아버지가 종아리에서 발꿈치까지 길게 꿰맨 흉터가 있거든요. 예전에 사이가 안 좋았을 때는 무심하게 넘겼는데 지금은 그걸 볼 때마다 기분이 좀 그래요.

조는 아버지에 대해 말했지만 나는 어머니를 떠올리고 있었다. 아픔에 대한 공감은 고통을 나누어 받는 일이다. 처음에는 감당할 만하지만 점차 가슴에 파랗게 멍이 든다. 나는 진통제를 복용하듯이 덕질을 했다. 아이돌, 배우, 유튜버, 캐릭터 상품 등등 좋아하는 감정에 한 발이라도 걸치면 전부 덕질의 계기가 되었다. 돈이 들기는 했지만, 원래 사원이 있던 시절부터 치료에는 대가가 필요했다. 나는 초콜릿을 또 하나 입에 넣었다.

— 케이크를…….

— 케이크?

— 제 생일에 아버지가 케이크를 사 온 적이 있어요. 크림이 달았지만 맛있었어요.

— 부럽네요.

— 딱 한 번이었어요. 이제는 제 생일도 가끔 잊어버리는걸요.

— 시간이 지나면 또 달라질 거예요.

— 달라져야 하나요?

— 달라지길 바라지 않아요?

— 미안해서요.

— 누구한테요?

선한 모습으로만 기억하던 아버지가 그리울 때가 있었다. 타인이었다면 주저하지 않고 비난했을 테지만 아버지이기에 그럴 수 없었다. 어머니도 아버지와 날 세우며 싸우다가 언제 그랬냐는 듯이 텔레비전을 보며 같이 웃었다. 어리둥절한 평화 앞에서 나 혼자 불편함을 느끼며 서성이고는 했다.

— 미안해도 달라질 거예요.

— 어떻게 알아요?

— 세상에 영원한 건 없으니까요.

조가 손가락을 문질렀다. 나는 왼 손목을 감싸 쥐려다 팔찌의 흔적을 더는 찾아볼 수 없다는 걸 알았다. 갈 데를 잃은 오른손을 들어 머리카락을 귀 뒤로 넘겼다. 입 안의 열기에 초콜릿이 순식간에 녹아내렸다. 카카오의 씁쓸한 맛이 희박해서 그저 달기만 했다.

— 오빠만 힘든 게 아니야. 나도 힘들어, 나도!

한동안 잠잠하던 조제실에서 카랑카랑한 목소리가 터져 나왔다.

— 왜 나한테 와서 이래? 요양원에 가기 싫으면 가지 마. 엄마 호강시켜드리고 싶으면 직접 모시든가.

김 약사의 뾰족한 목소리가 처음으로 커튼을 넘어왔다. 항상 이야기를 관망하던 사람이 이야기의 일원이 되어 있었다. 나는 처음 떠올린 생각에 조금 놀랐다. 유령이 되기로 했다. 유령이라고 했으니까. 정작 김 약사가 유령일지도 모른다는 의심은 해본 적이 없었다.

— 내 사정 빤히 알면서 일부러 그러지. 오빠가 사람이니, 사람이야?

— 사람 아니네, 사람 아니야.

— 저놈의 주둥아리는 나이가 들어도 변하질 알아.

— 네 성질머리만 하겠어?

나는 금세 의심을 거두었다. 김 약사가 유령이라면 세상에 유령 아닌 사람이 없을 것이다. 오늘 비가 와서 다행이었다. 휴가철만큼 손님이 없었다.

수십 년 전 일까지 들먹이는 남매 싸움이 슬슬 지겨워질 즈음 바깥쪽 여닫이문이 거칠게 열렸다. 성난 얼굴로 들어온 손님이 계산대 앞에 서서 약봉지를 흔들었다. 아침 약과 저녁 약의 색깔이 다르다며 항의하는 손님에게 조가 설명했다.

— 제약사가 약 모양만 바꾼 거예요. 성분도 함량도 똑같은데 가격을 올리면서 그렇게 모양만 바꾸는 경우가 있어요.

— 그래도 이게…….

손님은 한번 거두어들인 신뢰를 쉽게 돌려주지 않았다. 조제실에서 의자 끄는 소리가 들리더니 김 약사가 매장으로 나왔다. 손님은 흰 가운을 보고 누그러지는 듯했지만 항의를 멈추지 않았다.

— 에휴, 정 꺼림칙하면 다시 조제해드릴게요.

김 약사가 약봉지에서 저녁 약을 한 뭉치 들고 조제실로 향했다. 나는 엉겁결에 김 약사를 따라갔다. 조제실에 들어가자 김 약사의 여동생으로 추정되는 중년의 여자가 플라스틱 의자에서 일어나고 있었다.

— 추석에 엄마 모시고 와. 비타민이랑 오메가랑 잊지 말고 챙기고.

— 지금 가져가.

— 오빠는 조카도 안 보고 싶어? 애들은 삼촌 보고 싶다는데.

— 나를 보고 싶겠어? 용돈이 필요한 거겠지.

— 그거면 됐지 사춘기 애들한테 얼마나 더 바라니. 하여튼…… 이번에는 어디 갈 생각 하지 말고 같이 와.

중년의 여자가 눈을 흘기고는 구두 소리를 울리며 약국을 나갔다. 나는 가위로 포지를 잘랐다. 김 약사가 약을 주걱 위에 쏟았다. 밖에서 조가 흥분한 손님을 달래는 소리가 들렸다. 나는 주걱에서 네모난 약을 골라 밖으로 빼냈고, 김 약사는 세모난 약을 하나씩 집어넣었다. 개수를 세고 포지를 밀봉하는 일련의 과정을 거친 뒤에 저녁 약은 손님의 약봉지 속으로 들어갔다.

— 다음부터는 바뀐 거로만 나갈 거예요. 알고 계세요.

손님은 새로 조제한 약을 꼼꼼히 살펴보고서야 만족한 듯이 약국을 나갔다. 김 약사는 의자에 앉아 리모컨을 들었다. 나는 미루어두었던 약 정리를 시작했다. 조는 대걸레로 바닥을 다시 닦았다. 텔레비전에서 음악이 흘러나오자 오히려 약국 안이 고요해지는 느낌을 받았다.

약 정리를 마치고 조제실에 들어가 약상자를 교체했다. 캐비닛 안에 상자가 얼마 없었다. 그동안 손님이 줄면서 약 구입 횟수도 덩달아 줄어 작은 상자가 모이지 않았다. 캐비닛에 남은 상자를 전부 들고 조제실을 가로지르는데 김 약사의 목소리가 들렸다.

— 조 부장, 요즘 느슨해진 거 같아. 매상이 올라야 월급도 올려주지. 이래서야 올해는 텄네, 텄어.

손에서 미끄러지려는 상자를 틀어쥐고 커튼을 젖혔다.

— 빚을 빨리 갚아야 다시 연애도 하고 그러지.

조의 얼굴이 굳었다. 김 약사가 괴팍하기는 해도 선은 넘지 않으리란 신뢰가 조금 전에 깨졌다. 나는 떨어뜨린 것처럼 요란하게 상자를 내려놓았다. 김 약사가 나를 향해 뭐라 하는 동안 조가 셔츠 앞주머니를 더듬으며 일어났다.

— 화장실 다녀오겠습니다.

종소리의 잔향이 사원이 무너지는 소리 같았다. 보통 한 명이 매장을 비우면 그가 돌아올 때까지 자리를 지키지만 배려일 뿐 의무는 아니었다. 나는 화장실에 다녀오겠다고 말하고 상가 건물 옆 출입문으로 나갔다.

잦아드는 비가 물웅덩이마다 떨어져 동심원을 그리고 있었다. 조는 처마 아래에 서서 필터만 남은 담배를 바닥에 떨어뜨렸다. 발끝으로 꽁초를 짓뭉개자 검은 재가 산산이 흩어졌다. 하나로는 부족했는지 담배를 한 개비 더 꺼내 입에 물고 불을 붙이던 조가 손가락을 문질렀다. 약지에 점이 있는 자리였다.

—밥 살게요.

조가 퍼뜩 고개를 들었다. 시선이 마주치자마자 나는 서둘러 말했다.

—오늘 일 사과드릴 겸 제가 살게요.

—그건 신경 쓰지 말라고 했잖아요.

—저는 신경 쓰여요.

과거 흑사병 앞에서 기도는 무용했다. 의심을 품게 된 사람들이 교회에 대한 신뢰를 거두면서 인문주의가 싹트고 의학의 발달을 촉진했다. 이제 의학은 마음이 아픈 사람을 치료하는 약까지 만들어냈는데, 여전히 사람들은 미신을 믿는다. 건강에 해로운 줄 알면서 단거를 먹고 담배를 피운다. 치료하기 어려운 병을 그저 견디기 위해서는 진통제라도 필요했다. 어쩌면 신이 사라진 공백을 메우기 위한 대체물을 찾고 있는지도 몰랐다.

조는 두 번 사양하고 세 번째에 알았다고 대답했다.

—토요일 괜찮아요?

—그날은 내가 일곱 시에 끝나는데…….

—카페에 있을게요.

집까지 갔다 올 차비면 커피 한 잔은 마시니까. 토요일에는 저녁을 먹기 전에 시간을 보내다 집에 들어가는 경우도 종종 있어서 일상의 경로를 크게 벗어난 일정은 아니었다. 잠깐 망설이던 조가 고개를 끄덕였다.

—내일은 비가 안 오면 좋겠네요.

조의 손에 들린 담배에서 타들어가던 재가 툭 떨어졌다. 식사 한 번이 일상에 어떤 영향을 미칠지 짐작할 수 없었지만 적어도 힐링초가 시드는 일은 없기를 바랐다.

화장실에 들렀다가 약국에 돌아가자 언제 밀려들었는지 매장이 사람들로 가득했다. 나는 서둘러 처방전을 입력했고 조는 약값을 계산했다. 김 약사는 조제실과 매장을 들락날락했고 나는 한동안 조제대 앞을 떠나지 못했다. 겨우 매장이 비자 아까부터 혼자 떠들던 텔레비전 소리가 크게 울렸다. 다음 주에 큰 태풍이 올라온다는 뉴스를 듣다가 오늘 핸드폰을 한 번도 들여다보지 않았다는 사실을 알았다. 나는 초콜릿 한두 개로 충족되지 않는 단맛을 채우기 위해 또 비닐 포장지를 비틀었다. 그저 달기만 한 맛에 벌써 익숙해진 것 같았다.

*

김 약사가 낮잠을 자러 조제실에 들어가자 조가 사과잼 쿠키를 손에 들고 다가왔다. 나는 정수기에서 물을 떠 왔다. 언제부터인가 나눠 먹는다는 느낌에서 같이 먹는다는 느낌으로 바뀌었다. 계기는 선명했다. 지난 주말에 같이 식사하고부터 낯가림과는 결이 다른 긴장감이 생겼다. 아직 이름 붙이기 어려운 감정을 한쪽에 밀어두고 사과잼 쿠키를 깨물었다.

조제실에서 코 고는 소리가 끊어지자 조가 얼른 자기 자리로 돌아갔다. 여동생으로 추정되는 중년의 여자가 찾아오고 나서 김 약사는 며칠째 기분이 좋지 않았다. 기분이 좋지 않다는 건 심하게 깐족거렸다는 의미이다. 여기서 오래 버틴 직원이 없다던 영업사원의 말을 깊이 체감한 일주일이었다. 일을 하고 있으면 그나마 덜 건드리는 편이라 나는 되도록 천천히 상자를 잘랐다.

김 약사가 의자에 앉으며 조에게 중앙 진열대를 다시 정리하라고 지시했다. 보통 군말 없이 시키는 대로 하던 조가 이번에는 멈칫했다.

— 이번 달만 벌써 세 번째인데요. 위치가 자주 바뀌면 손님들이 불편해하시지 않을까요?

— 요즘 비만 오면 같은 꿈을 꿔서 그래. 불길하잖아. 안 그래?

꿈 핑계를 대기는 했지만 그저 심술을 부리고 싶은 것처럼 보였다. 조는 더 대꾸하지 않고 중앙 진열대로 향했다.

높이 때문에 제일 위에 두어야 하는 립밤 진열대를 왼쪽에서 오른쪽으로 옮긴 것이 시작이었다. 첫 번째 칸에 뿌리는 파스, 바르는 파스, 붙이는 파스를 차례로 배열했다. 두 번째 칸에는 구강청정제와 틀니접착제, 치약, 치실 같은 것들을 두었다. 세 번째 칸에 장난감 달린 비타민을 비롯해서 씹어 먹는 비타민, 빨아 먹는 비타민, 물에 타 먹는 비타민을 나란히 놓아두었다. 마지막 칸에는 식염수처럼 크기가 크고 무거운 것들을 배열했다. 프룬주스를 끝에 배치하고 조는 화장실에 갔다. 나는 그때까지 잘라놓은 상자를 가지고 조제실에 들어갔다. 'ㅈ'으로 시작하는 라벨이 붙어 있는 약상자를 교체하는데 뒤로 조가 지나갔다. 담배 냄새가 더

진해졌다.

매장에 돌아오자 김 약사가 뉴스를 틀어놓았다. 나는 눈에 익은 정치인을 곁눈질했다. 요즘 혜는 기사에 추천 또는 비추를 하고 댓글을 다느라 바쁠 것이다.

누가 죽었다는 뉴스를 보는 것보다 내가 피곤한 게 낫잖아.

정덕은 아니라며 혜는 손사래 쳤지만, 스트레스를 받으면서도 정치적 의사를 표현하는 일을 멈추지 않았다. 입장을 정한다는 건 경기장 밖에서 응원만 할 수 없다는 의미이다. 링 위에 올라가면 필연적으로 결과를 감당해야 한다. 나는 선택을 주저했다. 앙버터라든가 오후 3시면 품절되는 크루아상을 찾아다닐 수 있었던 건 혜가 옆에 있었기 때문이다. 나는 이제 어떤 호빵을 먹어야 할지 고르는 일만으로도 피곤했다.

— 다 똑같잖아. 사기꾼들밖에 없어. 전부 탈탈 털어서 감옥에 보내야 하는데…… 양 실장은 어떻게 생각해?

김 약사가 나를 쳐다보며 목소리를 높였다. 정치에 관심 있는 티를 내지 않았다고 생각했는데 어느새 다 알아차린 모양이었다. 네에에에에, 하고 유령답게 울어주어야 하나 고민하는데 텔레비전 채널이 바뀌었다. 리모컨이 조의 손에 들려 있었다. 조는 스포츠 채널로 맞춰놓고 리모컨을 내려놓았다. 야구 경기가 중반쯤 진행되고 있었다. 배트를 휘두르자 딱 소리가 나며 공이 날아갔다. 파울이었다.

양 팀 모두 득점 없이 공수를 교대할 때 젊은 여자가 들어왔다.

— 임테기 두 개 주세요. 다른 종류로요.

나는 젊은 여자의 얼굴을 기억했다. 한 시간 전에 임신테스트기를 사 갔기 때문이다. 눈이 빨갛게 충혈되어서 다시 온 여자에게 조는 임신테스트기를 봉투에 담아 내밀었다. 젊은 여자가 약국을 나가자 김 약사가 조에게 몸을 기울이며 대뜸 물었다.

— 불륜인 것 같지?

자동문 너머로 여자의 뒷모습이 보이지 않는지 확인하고 나서 조는 대답했다.

— 피임에 실패했나 보네요.

— 뻔하지 뭐. 오류 날 확률은 오 프로도 안 되는데 재검한다고 달라지겠어. 그래서 사후피임약을 처방으로 하면 안 된다니까. 하루 안에 먹어야 하는데 처방받다가 시기만 놓치지.

— 일반의약품으로 한 번 바꾼다고 했다가 그대로 유지한 거잖아요.

— 의사 쪽에서 반대해서 그랬잖아. 부작용이 심한 것도 아닌데 약국에서 팔아야지. 에휴, 돈벌이는 조금도 안 놓치려고 혈안이라니까.

나는 커터를 내려놓았다. 캐비닛에 모아놓은 상자는 이것이 마지막이었다. 이제 적당한 크기의 상자가 나올 때까지 기다리든가 큰 상자를 이리저리 잘라 맞춰야 했다. 텔레비전에서 해설위원의 목소리가 끊어지고 투수가 공을 던졌다. 공의 행방을 알기 전에 김 약사가 나를 지목하여 물었다.

— 양 실장은 어떻게 생각해?

— 글쎄요…….

조를 흉내 내보았지만 통하지 않았다. 모호함으로 피해갈 수 없다면 김 약사가 원하는 대답을 찾아야 했다. 크게 어려운 일은 아니었다.

— 약국에서 살 수 있으면 급할 때 편하겠네요.

— 경험이 있기는 하고?

김 약사가 한쪽 입꼬리를 올리며 말했다. 나는 질문의 의미를 서서히 이해했다. 경구피임약은 생리일을 늦추기 위해 먹을 수도 있지만, 사후피임약을 먹을 때는…… 김 약사의 눈이 월척을 잡은 낚시꾼처럼 둥글게 휘었다. 단순히 약의 복용 여부를 묻는 거라면 역시 단순하게 대답했을 테지만 김 약사의 표정이 다른 의미를 부여했다. 확률이라는 우주의 법칙에 걸려들었구나. 언제부터인가 예외가 될 수 있으리라 믿고 있었다. 아무 근거도 없이, 미신처럼. 다리가 욱신거렸다. 나는 잘라놓은 상자를 들고 다리를 절며 조제실로 들어갔다. 공수를 교대하는지 텔레비전에서 경쾌한 음악이 흘러나왔다.

'ㅊ'으로 시작하는 라벨이 붙어 있는 약상자를 꺼내기 위해 발돋움을 하는데 조가 들어왔다. 조는 팔을 뻗어 수월하게 약상자를 꺼내주었다. 내가 약 정리를 하는 걸 지켜보다가 조는 유통기한이 지난 약을 빼서 창고로 가져갔다. 나는 흰 라벨지를 붙여 약 이름을 옮겨 적고 다리를 주물렀다.

—아파요?

조가 물었다. 나는 고개를 저었다. 바지를 걷어 올려도 멍 자국은 보이지 않을 테니까 아프다고 할 수 없었다. 조는 한 손으로 조제대를 짚어 나와 눈높이를 맞추며 말했다.

—잊어버려요.

아버지가 늘 어머니에게 바라던 주문이었다. 아버지에게 그 말을 들을 때마다 어머니는 내 방을 찾아왔고 나는 아버지와 같은 주문을 외웠다. 때로는 어머니를 향해, 때로는 나 자신을 향해.

— 원래 그런 사람인걸요.

조가 말했다. 나는 입을 열어 대답했다.

— 매애애애애.

— 별 얘기도 아니잖아요.

— 매애애애애.

유령이라서 다행이었다. 울음소리가 딸꾹질처럼 멈추지 않았다.

퇴근하고 핸드폰으로 사후피임약에 대해 검색해보았다. 정부가 사전피임약을 전문의약품으로, 사후피임약을 일반의약품으로 전환하겠다고 하자 극심한 반대가 일었다. 의사들과 종교계는 둘 다 전문의약품으로 전환하기를, 약사들과 여성계는 둘 다 일반의약품으로 전환하기를 요구했다. 결국 당초 계획은 백지화되었고 지금까지 그대로였다. 부작용을 감수하고 약을 먹는 이유가 항상 논리적이지만은 않았다. 세상은 유령이 살기에 더 적합한 구조로 되어 있는 것 같았다.

지하철은 다시 터널로 들어갔고 나는 귀에 이어폰을 꽂았다. 속이 헛헛했지만 먹고 싶은 음식이 생각나지 않았다.

*

태풍은 올라오면서 주변의 구름을 흡수한다. 날이 맑을수록 닥쳐올 태풍의 위력이 커지는 셈이다. 며칠째 김 약사는 줄기차게 깐족거렸고, 조는 담배를 피우는 시간이 늘었다. 나는 큰 상자를 자르던 도중에 손을 멈추고 유리문 너머를 바라보았다. 티 없이 맑은 하늘이 푸르게 펼쳐져 있었다.

0.8

세계 최초의 약국은 이슬람에 있었다. 상업이 발달하면서 전문적인 약재상이 나타났고 의료행위가 전문화되었다. 유럽에서는 과세 문제로 의사의 약 조제를 금지했다. 런던 대화재 때 의사들은 왕당파와 함께 도시를 탈출한 데 반해 약사들은 남아서 시민을 치료하여 훗날 약사의 진료가 합법화되는 결과를 낳았다. 한국에서는 의료기관의 부족으로 약국이 1차 치료기관 역할을 하다가 3차 분쟁을 거쳐 의약분업을 시행했다. 진료는 의사에게, 약은 약사에게.

*

바람이 강해 빗방울이 옆으로 날렸다. 나는 우산이 뒤집히지 않도록 비스듬히 기울여서 틀어쥐고 정류장까지 걸어갔다. 강풍에 외출을 자제하라는 안내가 며칠 전부터 반복되었지만 출근길이 한적해지지는 않았다. 지하철역 계단을 올라가자 도로를 가득 메우고 있는 붉은 후미등이 보였다. 어제까지 팽배하던 열기가 무색하게 공기가 서늘해졌다. 가로등마다 불이 들어와 벌써 해가 진 저녁 같았다.

약국에 도착해서 청소를 끝내기 전까지 메시지 알람이 꾸준히 울렸다. 창문에 테이프를 붙이라거나 만약을 대비해 손전등과 생수를 준비하고 핸드폰을 충전해놓으라는 등의 안전 수칙이 날아왔다. 당연하게도 손님이 없었는데 도리어 김 약사는 낮잠을 자지 않았다. 문 틈새로 날카로운 바람 소리가 비집고 들어오는 걸 들으면 태평하게 잠을 자기가 더 어려워 보이기는 했다. 텔레비전에서는 정규방송을 결방하고 뉴스특보를 내보냈다.

점심을 배달해주던 식당이 문을 닫아서 중국집에 전화했다. 김 약사가 손님이 오지 않을 것 같으니 자장면 세 그릇을 한꺼번에 주문하라고 시켰다. 김 약사와는 항상 따로 식사했는데 나란히 앉아 면발을 비비고 있으려니 어색했다.

— 조 부장, 아버지 위암은 괜찮으신가?

— 괜찮습니다.

조는 위암이 아니라 대장암이라고 정정하지 않았다. 김 약사의 여동생으로 추정되는 중년의 여자가 찾아온 날 이

후로 조의 대답이 짧아졌다. 나도 꼭 필요한 말 외에는 안 하게 되었다. 김 약사는 조금도 신경 쓰지 않는 눈치였다.

— 어릴 때는 유령이 외계인인 줄 알았거든. 유령 중에 아는 사람이 있는 걸 보고 아닌 줄 알았지. 어머니가 유령이 되었을 때는 깜짝 놀랐잖아. 그렇게 굿을 하자고 그러시더니…….

— 붇기 전에 드세요.

조의 말에 그때까지 자장면을 비비기만 하던 김 약사가 비로소 면발을 입에 넣었다. 조는 벌써 양념만 남은 그릇에서 양파를 집어 올렸다. 나는 단무지를 오독오독 씹어 먹었다. 외부인의 접촉이 끊겨서인지 약국이 고립된 섬 같았다.

양치질하고 나왔을 때 천둥소리가 크게 울렸다. 바람 소리 못지않게 빗소리가 거세지면서 순간 고막이 먹먹해졌다. 물 양동이를 통째로 뒤집은 것처럼 장대비가 덩어리가 되어 쏟아지기 시작했다. 언뜻 시야에 그림자가 잡혀 돌아보니 구석에 검은색 비닐봉지가 공기를 품은 채 부풀어 있었다. 중국집에서 배달 왔을 때 바람에 밀려 들어온 모양이었다. 어차피 손님도 없을 테니 저녁에 치워도 늦지 않을 것 같아 그냥 두었다. 조 역시 같은 생각이었는지 비닐봉지를 발견하고도 가만히 앉아 있었다. 날이 어두워서 평소보다 무기력해지는 기분이었다. 아직 한낮인데 밖은 한밤중이라고 해도 믿을 정도로 어두컴컴했다. 안에서 보이는 바깥 풍경이라고는 유리창을 타고 강처럼 흘러내리는 빗물과 지면이 하얗게 보일 정도로 세차게 부딪쳐 튀어 오르는 빗방울과 지나가는 헤드라이트 불빛에 드러나는 굵은 빗줄기가 전부였다. 비바람이 몰아치는 소리가 본능적인 공포를 일깨워 간간이 목덜미가 선뜩했다.

뉴스특보에서 시민들이 제공한 재난 영상을 내보냈다. 위성지도에 구름이 한반도를 하얗게 뒤덮고 있었다. 바람이 휘몰아치는 소리가 들리고 문이 때로 둥글게 휘는 것처럼 보였다. 김 약사는 볼라벤이 지나갈 때도 멀쩡했다고 허세를 부리면서도 뉴스특보에서 눈을 떼지 않았다. 태풍은 경주마의 차안대처럼 시야의 폭을 좁혔다. 일상이 숨을 죽이고 있었다.

시간은 더디게 흘러갔다. 'ㅋ'으로 시작하는 라벨이 붙어 있는 약상자 정리를 마무리하는 것으로 캐비닛에 모아둔 상자가 똑 떨어졌다. 떠들기 좋아하는 김 약사도 손님이 없으니 말수가 줄었다. 비슷한 이야기를 반복하는 아나운서 목소리에 질릴 즈음이었다. 문이 또다시 한껏 바람을 빨아들였다. 칼날이 쇠를 스치는 소리가 들리고 느닷없이 자동문이 열렸다. 바람이 벌컥 쏟아져 들어오자 검은색 비닐봉지가 바닥을 쓸며 미끄러졌다. 빗줄기가 팝콘 튀기는 소리를 내며 시끄럽게 바닥을 때렸다. 손님이 안에 들어오고 문이 닫혔다. 실내가 잠잠해지면서 비닐봉지가 휘청 내려앉았다.

흠뻑 젖은 남자의 옷에서 빗물이 뚝뚝 떨어졌다. 머리카락이 이마에 달라붙어 얼굴을 반쯤 가리고 있었지만 팔의 검푸른색 용무늬 덕분에 누군지 쉽게 알았다. 남자는 걸음마다 물웅덩이를 만들며 중앙 진열대 사이를 걸어왔다. 어기적거리는 걸음이 위태롭다 싶더니 요란한 소리와 함께 넘어졌다. 구강청정제가 우르르 쓰러지고, 온갖 종류의 비타민이 진열대를 벗어나 바닥에 나뒹굴었다. 너무 갑작스러워 어, 어, 하며 지켜보는 동안 남자는 선반을 붙잡고 버둥거렸다. 하얀 선반에 붉은 손자국이 연이어 찍혔다. 문에서부터 중앙 진열대까지 분홍색으로 물든 빗방울이 점점이 떨어져 있었다. 남자는 결국 일어서기를 포기하고 식염수 옆에 주저앉았다.

— 진통제랑 붕대.

지갑을 계산대 쪽으로 던지며 남자가 말했다. 원래 인상이 좋은 편은 아니었지만 잔뜩 찡그린 얼굴이 더욱 험상궂어 보였다. 오른손으로 꾹 누른 왼팔이 빨갛게 물들어갔다. 파란색 구강청정제가 물웅덩이 위에 누워 있었고, 치약은 케이스째 찌그러져서 진열대 위에 흩어져 있었다. 설마, 하는 생각이 먼저 들었다. 대뜸 상황을 파악하기에는 지나치게 비현실적이라 꿈이라고 해도 믿을 것 같았다.

— 귓구멍이 막혔어?

움직이는 사람이 없자 약이 올랐는지 남자가 욕설을 퍼부었다. 나는 뻣뻣해진 고개를 돌려 옆을 돌아보았다. 조 역시 김 약사를 쳐다보고 있었다. 김 약사가 쯧쯧 혀를 차더니 중얼거렸다.

— 에휴, 저 약들 어쩔 거야. 팔지도 못하고 다 버리게 생겼네. 가뜩이나 장사도 안 되는데 하여튼 되는 일이 없어.

혼잣말치고는 목소리가 컸다. 김 약사의 말을 들은 남자가 발끈해서 화를 냈다.

— 다 물어주면 될 거 아냐. 거 얼마나 한다고. 진통제나 가져와!

— 안 팔아요. 꿰매야 할 거 같은데 병원이나 가보세요. 약국에서 치료행위는 불법이라 파스도 못 붙여드리니까.

김 약사가 특유의 말버릇대로 말꼬리를 올리며 대답했다. 약국에서 손님을 거절할 수도 있구나. 이제까지 한 번도 떠올리지 못했던 사실에 잠깐 놀랐다. 남자가 주눅이 든 얼굴로 눈치를 보았다. 토시가 피로 물들면서 검푸른색 용무늬가 지워져갔다.

— 식겁하게 저런 걸 입고 다녀. 다시는 안 왔으면 좋겠네.

계산대를 넘어가지 않을 정도로 목소리를 낮추어 김 약사가 구시렁댔다. 나는 조를 쳐다보았다. 조는 모니터에 시선을 고정한 채 마우스를 클릭하고 있었다. 그들처럼 무심할 수 있다면 얼마나 좋을까. 나는 안절부절못했다. 이대로 보내도 괜찮을까. 굳이 뭔가를 해야 할까. 선택은 행위를 부르고, 행위는 결과를 초래하며, 결과는 후회를 동반한다. 방관 또한 하나의 행위라는 걸 아버지를 통해 잘 알고 있었다.

남자가 더듬더듬 지갑을 주워 일어섰다. 팔을 타고 흐른 피가 손목에 고이다 뚝 떨어졌다. 문을 흔들어대는 바람 소리가 황량하게 들려왔다. 비틀거리며 걸음을 옮기던 남자의 발에 차인 물건이 계산대 앞까지 굴러왔다. 장난감 달린 비타민이었다.

언제 유령이 됐는데요?

밀물이 다가오듯 얇게 깔린 물이 순식간에 차올라 실내를 가득 채웠다. 물속에서 두 개의 빛이 다가왔다. 미지의 생물이 입을 쩍 벌리고 내려와 나를 한입에 삼켰다.

때로 감각이 사고를 앞지른다. 이해할 수 없는 이유로 새겨진 기억의 의미를 나중에 찾는 경우가 더러 있었다. 한밤중에 유령이 내 머리맡에 앉아 중얼거렸다. **내가 왜 그랬을까?** 뜨거운 물을 붓듯이 얼굴 위로 쏟아진 말을 속절없이 듣고 있어야 했다. 원망일까 자책일까. 그 의미를 인지하기 전에 지나가버린 경계의 시간이었다. 안개가 걷힌 해협 너머에 울퉁불퉁한 돌담이 서 있었다. 아버지는 모를 어머니와 딸의 역사가 흉터처럼 깊이 돌담에 새겨져 있었다.

한 움큼 뱉어낸 숨에 물거품이 까맣게 일어났다. 흐릿한 시야에 깜박이는 빛이 보였다. 빛은 셋이 되었다가 넷이 되었다. 물속으로 풍등이 하나씩 가라앉고 있었다. 꼬리를 끌며 내려오는 풍등 사이로 집이 보였다. 물속에 거꾸로 선 집 앞에 아이가 있었다. 둥글게 만 손으로 문을 두드리는 아이의 얼굴이 선명해졌다. 똑, 똑똑, 똑똑똑, 똑똑…… 나는 유령을 무서워하던 아이의 머리를 쓰다듬고 문을 열었다.

문 너머는 사막이었다. 발을 내디뎌 뜨거운 모래를 밟았다. 먼 하늘에 떠 있는 우주선을 향해 걸어갔다. 걸음마다 부드러운 모래가 흘러내렸다. 익어버린 피부가 벗겨지고 모래와 피가 뒤엉겨 굳었다. 노을빛 발자국이 길게 이어졌다. 손바닥만 한 전갈이 불쑥 하늘로 올라가 별이 되었다. 하얀 입김이 뿜어져 나오고 상처 입은 발에 새살이 돋았다. 달이 하늘에 머리를 부딪칠 때마다 별이 우수수 지상으로 떨어져 솜털 돋은 씨앗이 되었다. 밤이 벗겨지고 낮이 드러났다. 걸음마다 솨솨 파도 소리를 내며 모래언덕이 무너졌다. 자욱하게 일어나 시야를 가리던 흙먼지가 가라앉자 음영의 대비가 선을 그었다. 우주선이 드리운 그림자 속에 빛의 구체가 떠올랐다. 파란색 문이 열리고 테이블 앞에 앉아 있던 혜가 나를 돌아보았다. 핫초코 마실래?

크고 아름다운 지느러미가 이마를 스치고 지나갔다. 눈앞의 세상이 하얗게 변했다가 느릿느릿 흐려졌다. 점멸하는 빛이 환해질 때마다 신호등이 소금 기둥처럼 서 있었다. 6시구나. 날이 흐릴 때는 조가 미리 간판에 불을 올리고는 했는데 오늘은 잊은 모양이었다. 밖에서 보면 어둠 속에 간판만 하얗게 떠 있겠지. 이응 대신 피어 있는 꽃 그림에 위안을 받은 적이 있었다.

— 틀렸어요.

문신 모양의 토시를 착용한 남자가 비틀거리는 걸음을 옮겨 놓았다. 나는 자리에서 일어나며 소리를 높여 말했다.

— 수수께끼 틀렸다고요.

혜의 말에 고개를 끄덕이는 상상을 몇 번이나 해보았다. 핫초코의 달콤함으로 혀를 적시면 좋았을 텐데…… 혜를 만나기 전에나 가능한 일이었다. 스물다섯 해보다 지난 다섯 해를 더 치열하게 살았다. 나는 성실하게 하루를 파쇄해갔다. 무언가는 변하고, 무언가는 변하지 않은 채 그렇게 구부러져 0이 되었다.

— 새살을 돋게 하는 건 후시딘이 아니라 마데카솔이에요.

드디어 내 목소리를 들었는지 남자가 뒤를 돌아보았다. 조가 놀란 얼굴로 나를 쳐다보았다. 파우더를 바른 얼굴이 피를 흘리는 남자 못지않게 창백해 보였다. 내가 남자에게 다가가 팔을 살필 때까지도 조는 움직이지 않았다.

— 구급차 불러드릴까요?

— 필요 없어. 약 바르고 붕대 감으면 돼.

— 상처가 깊어서 약만 발라서는 소용없어 보이는데요.

— 씨발! 뭐 어쩌라고!

문신 모양의 토시를 착용한 남자가 버럭 소리 질렀다. 나중에라도 감사 인사를 들을 수 있을 것 같지 않았지만 상관없었다. 경계선만큼 불안정한 것도 없다. 단순한 세상을 복잡하게 보지 않으면 경계선이 품고 있는 또 하나의 세상을 간과하게 된다. 문신 모양의 토시를 착용한 남자는 장난감 달린 비타민을 사 간 적이 있었다. 어쩌면 어린 조카가 있을지도 모른다고 생각했다. 믿음 앞에서 논리는 무용했다. 나는 구구단을 외울 줄 아는 어린 조카를 둔 삼촌의 이야기를 선택했다. 좋은 기억과 나쁜 기억 중 어느 쪽을 더 잘 잊어버릴까? 오래 안 살아도 좋으니까 나쁜 기억을 남기는 일은 하고 싶지 않았다.

붕대와 소독약을 찾아 계산대로 가져가자 김 약사가 비아냥거리는 말투로 물었다.

— 불법이라니까. 걸리면 책임질 거야?

— 그만둘게요.

— 뭐?

— 그만두면 직원이 아니니까 불법도 아니죠.

줄곧 상실을 두려워했는데 반대로 생각하면 그것 외에는 두려울 게 없었다. 그동안 내가 얼마나 겁에 질려 있었는지 새삼 깨달았다.

— 걸리지 않으면 되잖아요.

나는 몇 가지 사소한 불법을 저지르고는 했다. 그것이 하나 더 늘어날 뿐이었다. 김 약사가 어딘가 휘어 보이는 얼굴로 히죽거리더니 조를 불렀다.

— 조 부장, 손님 데려와.

조는 그제야 자리에서 일어나 남자를 부축해 소파에 앉혔다. 김 약사가 토시를 가위로 잘라냈다. 피투성이 팔에 소독약을 들이붓자 남자가 오만상을 찌푸리며 욕을 퍼부었다. 무시하고 탈지면으로 피를 닦아냈다. 파란 선으로 된 무늬가 조금씩 드러났다. 뚱뚱한 호랑이였다. 눈을 부라린 얼굴이 넙데데했다. 문신 취향이 꽤 독특해 보였지만 나에게 피해를 주지 않는 이상은 존중해줄 셈이었다.

— 살이 쪄서 그래.

구구단을 외울 줄 아는 어린 조카를 둔 남자가 작은 목소리로 웅얼거렸다. 김 약사가 흘러내린 안경을 손바닥으로 밀어 올렸다. 뚱뚱한 호랑이의 뺨에 거즈를 두껍게 대고 그 위로 붕대를 감으면서 김 약사는 실룩거리는 입을 가만두지 않았다.

— 어쩐지 자꾸 같은 꿈을 꾼다 했어. 선을 지켜야지, 선을. 안 그래도 힘들어 죽겠는데 왜 자꾸 나한테 와서 난리야. 어쩔 수 없으니까 없는 셈 치고 살려는데 가만 놔두지를 않아. 여름에는 특히 더 해. 안 그래도 온난화 때문에 기온이 올라가는데 이러다 온 세상이 유령으로 넘쳐나겠어. 환경오염만 걱정할 게 아니라니까. 에휴, 보통 민폐가 아니야.

김 약사는 자기가 유령을 본다는 사실을 한껏 내비쳤다.

붕대를 잡아당길 때마다 눈살을 찌푸리던 남자가 머뭇거리다가 반문했다.

—유령이라니?

— 제가 유령을 보거든요. 돌아가신 분 제사 좀 지내주세요. 전부터 졸졸 따라다니는데 그냥 두면 또 해코지할지도 몰라요.

눈이 휘둥그레진 남자에게 아랑곳하지 않고 김 약사는 붕대를 고정시켰다. 조가 가져다준 비타민 드링크에 약을 삼키면서 남자는 연신 주위를 두리번거렸다. 김 약사는 피 묻은 구강청정제와 비타민제를 봉지에 담고 그 위에 붕대 몇 개와 진통제를 추가로 얹어서 내밀었다.

— 나중에라도 병원에 꼭 가보시고요. 여기서 치료받았다는 소리는 어디 가서 절대 하지 마세요.

남자는 뭔가 물어볼 것처럼 입을 달싹거리다가 꾹 다물고 지갑을 내밀었다. 김 약사가 현금을 세서 일부 가져가고 지갑을 돌려주었다. 남자는 넓은 어깨를 조이며 약국을 나갔다. 검은색 비닐봉지가 휙 떠올랐다가 내려앉아 숨을 죽였다. 유리문 너머로 팔에 붕대를 감은 남자가 바람에 떠밀려 주춤주춤 횡단보도를 건너는 모습이 보였다. 쏟아지는 빗줄기 사이로 초록색 불이 깜박였다.

— 에휴, 먹고살기 힘드네.

김 약사가 허리를 툭툭 두드리며 말했다. 조가 대걸레를 가져와 물웅덩이와 핏자국을 지웠다. 나는 걸레로 선반을 꼼꼼하게 닦았다. 김 약사가 더러워진 가운을 벗고 팔지 못할 약을 골라내자 조가 창고에서 약을 가져와 빈자리를 채웠다. 나는 기둥에 묻은 핏자국을 과산화수소를 묻혀 지워냈다. 정리가 끝나자 약국은 아무 일도 없었던 것처럼 이전의 모습으로 돌아가 있었다. 코를 킁킁거리자 소독약 특유의 화한 냄새가 코 속에 고였다.

— 오늘은 둘 다 일찍 들어가. 손님도 없는데 같이 고생할 필요 뭐 있어. 그만 퇴근해.

새 가운으로 갈아입고 나온 김 약사가 의자에 걸터앉으며 말했다. 밖에서 앵앵거리는 바람 소리가 귀 아프게 들려왔다. 조는 유리창 너머를 주시한 채 가만히 서 있기만 했다. 나는 이미 퇴근 시간이었지만 역시 움직일 수 없었다. 김 약사가 느긋하게 입을 움직였다.

— 괜히 남 좋은 일만 시키고 말이야. 가만…… 꿈대로 치료해줬으니까 우주의 법칙이 나한테 온 건가. 로또라도 사볼까.

조가 마른세수를 했다. 나는 계산대 안쪽으로 들어가 우산과 에코백을 들었다. 조가 셔츠 앞주머니를 더듬으며 안쪽 여닫이문으로 나갔다. 나는 정문으로 향했다. 소리를 내지 않고 유리문이 열렸다. 간판이 만들어낸 빛의 구체 속으로 요란한 빗소리가 내리꽂혔다. 다음에 태풍이 오면 꼭 우비를 사야겠다고 다짐하며 우산 손잡이를 단단히 틀어쥐었다.

지하철을 탔을 때는 옷이 흠뻑 젖어 있었다. 에어컨 바람에 오싹 소름이 돋았다. 오랜만에 혼자서는 할 수 없는 일을 했다. 뺨을 만지자 뜨거운 느낌이 들었다. 너무 피곤해서 집에 들어가면 바로 곯아떨어질 줄 알았다.

현관문을 열고 들어가다 말고 멈칫했다. 포장을 뜯지 않은 택배 상자가 신발장 옆에 쌓여 있었다. 빈 상자에는 양념이 묻은 플라스틱 그릇이 수북했다. 종량제봉투를 씌운 쓰레기통 옆으로 오물이 묻은 휴지 뭉치가 널브러져 있었고, 머리카락과 먼지 덩어리가 구석마다 뭉쳐 있었다. 싱크대에는 밥알이 딱딱하게 말라붙은 수저와 시퍼렇게 곰팡이가 슨 햇반 그릇이 흩어져 있었다. 언제 먹었는지 알 수 없는 빈 캔과 병을 피해 내딛는 걸음마다 끈적거렸다. 젖은 양말을 벗다가 세탁기 안에 든 빨래에서 시큼한 냄새를 맡았다.

나는 에휴, 한숨을 쉬고 싱크대 위에 에코백을 뒤집어 안에 든 걸 모조리 꺼냈다. 입고 있던 티셔츠와 바지를 벗어 에코백과 함께 세탁기에 집어넣은 다음 세제와 섬유유연제를 듬뿍 넣고 작동시켰다. 뜨거운 물로 샤워를 하고 발바닥에 붙은 머리카락과 먼지 덩어리를 떼어내며 매트리스에 누웠다. 이불을 뒤집어쓰자 서늘한 어둠이 찾아왔다. 꿈도 없이 자다가 세탁기에서 멜로디가 울리는 소리에 깼다. 몸을 일으키는 순간 뼈마디 중 하나가 뚝, 소리를 냈다.

0.9

컵에 가득 담긴 물은 마지막에 떨어진 물방울 하나로 넘쳐 흐른다. 먼바다에서 거슬러 올라와 긴 여행을 마치고 내려앉은 물방울의 역사를 배제하면 계기는 무척 사소해진다. 감정은 마음의 현재이다. 현재를 곱씹으면 종종 바다 냄새가 났다.

*

결제일이 돌아왔다. 생경했던 풍경이 두 번 만에 익숙해질 리 없었지만 줄을 선 영업사원들을 보고 쭈뼛거리지는 않았다. 크로스백을 내려놓다가 기침을 하자 조가 돌아보았다.

— 괜찮아요?

조의 한마디에 영업사원들이 힐끔거렸다. 나는 훑듯이 지나가는 시선을 느끼며 대답했다.

— 괜찮아요.

태풍이 지나간 다음 날 열이 오르고 몸살이 심해서 하루 결근했다. 후들거리는 다리를 가누어 병원에 다녀왔다. 눈에 익은 약 이름이 찍힌 처방전을 들고 낯선 약국에 들어가는 기분이 생소했다. 아직 미열은 남았지만 몸살기가 가라앉으니 한결 살 것 같았다. 가방 안에 처방받은 약이 들어 있었다.

— 마스크 써야 할까요?

— 기침이 심해요?

— 그렇지는 않은데 간간이 나와요.

— 그럼 쓰지 마요. 손님들이 불안해하니까.

직원 입장에서 조의 말은 이해하기 쉬웠다. 환자 입장에서는 이해하기 어려웠다. 판단에 비합리적인 요소가 영향을 미치는 경우가 얼마나 흔한지 생각해보면 또 그렇게 이상하지만은 않은 일이기도 했다.

오전 손님이 빠지고 김 약사가 본격적으로 면담을 시작하자 조는 비타민 드링크를 한 박스 들고 밖으로 나갔다. 잠시 후 영업사원이 재킷을 손에 들고 땀을 훔치며 여닫이문으로 들어왔다.

— 조금만 일찍 오면 안에서 기다릴 수 있을 텐데 항상

타이밍이 늦네.

뒤따라 들어온 조가 에어컨 온도를 더 낮췄다. 재킷을 손에 든 사람은 에어컨 바람을 쐬다가 줄 끝으로 와서 조에게 낮은 목소리로 물었다.

— 김 약사는 아예 결혼을 안 한 거야? 했다가 갈라선 게 아니고?

— 그것까지는 모르겠고…… 집안일을 모친이 하신다는 걸 보면 지금은 혼자 같아요.

— 하긴 그런 사람을 누가 좋아하겠어. 말이라도 곱게 하면 몰라.

조제실 안에는 들리지 않겠지만 영업사원들에게는 충분히 들릴 만한 목소리였다. 조는 김 약사의 여동생으로 추정되는 중년의 여자가 찾아와서 했던 이야기를 스스럼없이 들려주었다. 타인의 사정을 쉽게 떠드는 성격이 아닌 줄 알았는데 그저 기회가 없었을 뿐이었나 보다. 조와 안면이 있는 영업사원들이 한마디씩 보태면서 웅성거림이 커졌다. 나는 핸드폰을 집어 들었다.

커뮤니티에 들어가 인기글부터 먼저 보고 잡담글을 살폈다. 누가 웨딩 사진을 올렸는데 드레스를 입은 여자가 둘 서 있었다. 레즈비언이라고 밝힌 해피조이룰루랄라가 다음 달에 결혼식을 올린다고 적어놓았다. 축하드려요. 너무 예뻐요. 행복하세요. 해피조이룰루랄라의 글에 나 역시 축하한다는 댓글을 달고 트위터에 들어갔다. '수학을 포기한 사람들을 위한 물리학' 수강생 모집 글을 리트윗하다가 인기척에 고개를 들었다. 자동문으로 코르사주가 달린 모자를 쓴 할머니가 보행보조기를 밀고 들어오는 모습이 보였다. 뚜껑을 젖힌 이동장 안에 푸들이 말간 얼굴로 앉아 있었다. 손님이 들어오자 흐트러졌던 줄이 금세 정돈되었다.

— 오늘은 어떻게 오셨어요?

조제실에서 나온 김 약사가 여닫이문을 밀고 들어오는 백발의 할아버지를 반갑게 맞았다. 땅부자 할아버지가 돌아가시고 나서 가장 오래 수다를 떠는 손님이었다. 나는 먼저 조제실로 들어가 약 주걱부터 늘어놓았다. 조제에 사용하는 약을 꺼내놓고 절반씩만 사용하는 약을 자르기 시작했다. 커팅기를 누를 때마다 날이 부딪치는 소리가 규칙적으로 들렸다. 몰입했는지 불쑥 나타난 손이 손목을 붙들었을 때는 화들짝 놀라고 말았다.

— 장갑 껴요. 이거 불임 성분 있는 약이에요.

나는 처방전을 보았다. '나'로 시작하는 약은 이미 서너 번 처방으로 나온 적이 있었다. 두 달이 넘는 기간 동안 불임 성분이라고 아무도 알려주지 않았다. 하루에 만지는 약의 종류만 몇십 종이지만 이제까지 누가 장갑을 끼는 모습을 보지 못했다.

— 평생 임신 못 하게 될 수도 있어요. 나중에 후회하지 말고 조심해요.

묵직하게 손목을 감싸던 힘이 떨어지자 하얗게 눌렸던 자국이 붉게 변했다. 조는 창고에 들어갔다가 드링크 박스를 몇 개 들고 매장으로 나갔다. 나는 조에게 잡혔던 왼 손목을 문질렀다. 붉은 자국은 금세 없어졌지만 둥글게 남은 미열이 답답했다. 김 약사가 조제실로 들어와 불임 성분이 있다는 약을 맨손으로 잡아 주걱에 늘어놓았다. 나는 커팅기를 들고 약을 마저 잘랐다.

— 김순자 님.

코르사주가 달린 모자가 미동도 하지 않아서 목소리를 높여 거듭 불렀다. 다가온 할머니의 생년월일을 확인한 다음 카드를 받아 약값을 결제했다. 이동장에 앞발을 걸친 갈색 푸들이 내 손끝을 쳐다보며 헥헥거렸다. 개가 보는 세상이 흑백이 아니라는 사실을 나는 이제 알고 있었다. 상상할 수 없는 색으로 구성된 세상이 흔들렸다. 예상 가능했던 흑백의 세상보다 어려워도 그쪽이 더 명징한 현실이었다.

달콤한 이름을 가진 개가 나가고 김 약사가 창고로 돌아갔다. 면담을 끝낸 영업사원이 조제실에서 나오자 조가 밖에서 기다리는 영업사원을 한 명 안으로 들였다. 면담 줄은 지난번보다 빠르게 줄어들었다. 마지막 영업사원을 보내고 김 약사는 크게 기지개를 켰다.

— 조 부장, 아버지 위암은 괜찮으신가?

— 위암이 아니라 대장암이요.

조가 김 약사의 말을 정정하고 귀에 좋은 영양제가 있는지 물었다.

— 아버지가 공사장 일을 오래 해서 일찍 가는귀를 먹었거든요. 자막이 없으면 텔레비전을 못 보실 정도예요. 아버지가 젊었을 때 좀 거칠어서…… 이제야 제대로 된 대화를 해보나 싶었는데 잘 듣지를 못하시네요.

— 우리 아버지는 제대로 된 대화란 걸 하기 전에 유령이 됐어. 알츠하이머거든. 이제 만나봤자 사진이랑 다를 게 없지.

— 언제부터 요양원에 계신 거예요?

— 벌써 오 년 넘었어. 웃긴 게 뭔지 알아? 아버지가 요양원에 가고 나서 어머니가 유령이 되지 않는다는 거야.

김 약사가 키들거리며 웃자 조가 맞장구치듯이 따라 웃

었다. 나는 약국을 둘러보았다. 안쪽 여닫이문에서 시선을 옮겨 선반에 진열된 영양제며 염색약을 훑어보았다. 조명이 들어오는 화장품 전용 진열대를 지나 붕대와 마스크 등이 걸려 있는 행거를 보았다. 시선은 정수기를 스치고 바깥쪽 여닫이문으로 향했다. 건물 사이로 티 한 점 없이 파란 하늘이 어딘가 낯설어 보였다.

*

급여를 받았다. 약국에서 받는 두 번째 월급이었고, 수습이 아닌 첫 번째 월급이었다. 최저임금이 오르지 않는 이상 앞으로 통장에 찍히는 숫자는 변하지 않을 것이다. 경력을 쌓고 이직한다고 해도 전산원이 받을 수 있는 급여에는 한계가 있었다. 급여가 오르지 않는다는 건 성장을 기대받지 않는다는 의미이고, 성장을 기대받지 않는다는 건 누구라도 대체할 수 있다는 의미이기도 했다. 유령이 되는 대신 획득한 일상은 여전히 물웅덩이에 둥둥 떠 있는 보도블록처럼 위태로웠다.

— 그만둔다며?

김 약사가 태풍이 지나가던 날 했던 말을 들먹였다. 여동생으로 추정되는 중년의 여자가 찾아온 뒤부터 감돌던 뾰족한 긴장감은 사라졌다.

— 오늘은 아니죠.

나는 농담으로 흘려 넘겼다. 텔레비전에서 정치 관련 뉴스가 흘러나와도 아무도 그에 대해 언급하지 않았다.

— 계속 아니어야 해요.

조가 미니 초코바를 내밀며 말했다. 최근 손님이 늘어 간식 먹을 시간을 내기 힘들었다. 캐비닛에 작은 상자가 쌓이자 미뤄두었던 정리를 다시 시작했다. 정작 내 방은 청소할 엄두를 못 내고 있었다. 하긴 해야 할 텐데…… 해야 하는데…… 입 안에서 초콜릿이 녹고 드러난 땅콩을 잘근잘근 씹었다.

손님이 늘었지만 허둥대지 않았다. 조의 말대로 한 달이 지나고 두 달이 지나니 처음과 많이 달랐다. 내가 유령일까, 의심하며 땅에 떨어진 알약을 주워 다시 사용했다. 유령이 존재할까, 의심하며 쓰던 약이 남은 수납함에 새 약을 부었다. 약사증이 없는 사람이 조제하면 불법인데 어디까지 조제를 도와야 하는 걸까. 숨 쉬는 법을 연습하는 내가 생각했다. 큰 문제가 아니니 가능한 일이겠지. 내가 저지르는 몇 가지 사소한 불법과 비슷하리라 막연히 믿으며 상자를 잘랐다.

— 니코틴 패치 직원가로 가져가도 될까요?

조가 김 약사에게 말했다.

— 누가 쓸 건데?

— 제가 쓰려고요. 담뱃값도 오르는데 한번 끊어볼까 해서요.

— 담배는 눈 딱 감고 한 번에 끊어야지 이걸론 못 끊어.

김 약사는 이죽거리면서도 니코틴 패치를 집어 조에게 내밀었다.

— 이미 잘 알고 있겠지만…… 하루에 한 개만 붙이고, 붙인 채로 흡연하면 안 되고, 뗐다가 한 대 피우고 다시 붙여도 안 되고, 삼 개월 이상 사용해도 안 돼.

— 알겠습니다.

— 계산은 됐어. 추석 선물이야.

니코틴 패치 한 상자가 두루마리 휴지 30롤 한 팩보다 비쌌다. 김 약사로서는 꽤 선심을 쓴 셈이었다. 기회를 놓칠 이유가 없어서 나도 얼른 말을 보탰다.

— 염색약도 직원가로 가져갈 수 있어요?

— 그냥 가져가. 대신 추석 선물은 따로 없어.

선물 세트 중에 가장 저렴한 김 세트나 영업사원이 두고 간 컵라면 박스를 추석 선물로 주면 어쩌나 하던 참이었다. 나는 언젠가 조가 추천했던 염색약을 골라 크로스백에 넣었다.

'ㅌ'으로 시작하는 라벨이 붙어 있는 약상자 교체를 마무리했을 때 종이 울리고 판피린 할머니가 들어왔다. 불편해 보이는 걸음새로 다가와 주머니에서 꼬깃꼬깃한 지폐와 손때가 묻은 동전을 꺼냈다. 조는 늘 그렇듯 할머니가 달라고 하기 전에 약을 꺼내 계산대에 올려두었다. 할머니는 약만 집어 들고 바로 약국을 나갔다.

— 감기를 오래 앓으시는 것 같아요.

내가 약국에서 일하는 동안 판피린 할머니는 거의 매주 약을 사 갔다. 가족들이 돌아가며 아픈가 보다고 이해하려 해도 꽤 긴 시간이었다.

— 저분이 무슨 일 하는지 알아?

김 약사가 히죽거리며 물었다. 나는 모른다고 대답했다.

— 건물 청소하시는 분이야. 무릎도 시원찮은데 계단 오르내리면서 일하기가 힘드니까 약으로 때우는 거지. 진통 성분이 있어서 아픈 게 덜하거든.

— 계속 드셔도 되는 거예요?

— 되겠어?

— 네?

— 계속 복용하면 약효도 떨어지고 중독될 수도 있어. 아니, 이미 중독됐을걸.

— 그럼 안 되잖아요.

— 아프다는데 안 팔 수도 없잖아. 약을 끊으려면 일부터 그만둬야 하는데 그게 되나. 생계가 걸려 있는데…… 안 그래?

— 그래도…….

— 사는 게 쉬운 줄 알아?

김 약사가 낄낄 웃는 소리를 들으며 나는 입을 다물었다. 매장에 아무도 없을 때 판피린 세트를 뒤집어 빽빽하게 인쇄된 주의 사항을 읽어보았다. **장기간 계속 복용하지 마십시오.** 눈이 침침한 할머니가 발견하기에는 지나치게 작은 글씨였다. 날마다 복용하면 중독된다는 안내는 없었다. 노동으로 고될 손으로 달력을 접고…… 놀랐다기보다 슬퍼졌다. 높은 선반에 날개를 접고 선 종이학이 불빛을 받아 순백으로 빛났다. 나는 종이학을 응시하다가 재채기를 했다.

퇴근하면서 추석 연휴를 잘 보내라는 인사를 나누었다. 지하철역과 붙어 있는 쇼핑몰에서 애플망고를 들었다가 내려놓고 시나노 골드를 구입해 버스를 탔다. 어머니는 염색약이 밝은색이라고 또 트집을 잡았지만 김 약사가 깐족거리는 데에 비하면 무난하게 넘길 만했다. 식사 후에 약을 먹었더니 칠칠맞게 감기에 걸렸냐는 말이 돌아왔다. 시나노 골드는 맛이 괜찮았는지 별말이 없었다. 아버지는 어머니가 깎아놓은 사과를 포크로 찍어 먹으며 영화를 보았다. 우주가 배경으로 나와서 판타지인 줄 알았는데 실존했던 사람의 이름이 들려왔다.

— 운이 좋은 사람이네.

사고에서 살아남은 그를 보고 아버지가 말했다.

— 상처가 많은 사람이죠.

내가 말했다. 아버지가 정정했다.

— 운이 좋은 사람이지.

어머니는 소파에 누워 코를 골며 자고 있었다. 아버지와 나는 바닥에서 소파에 기대앉은 채 옥신각신했다. 코 고는 소리가 멈추더니 어머니가 눈을 떠서 리모컨을 찾았다.

— 화면 가리지 말고 비켜봐.

드물게 풍랑이 없는 날이었다. 예능 프로그램을 보다가 나는 새치가 돋아난 아버지의 머리를 응시했다. 언젠가 바닥이 투명한 전망대에 간 적이 있었다. 안전하다고 되뇌어도 유전자에 공포가 새겨진 것처럼 다리가 얼어붙었다. 스스로 믿고 싶은 모습이 실제와 어긋나는 경험은 이미 익숙했다. 금세 또 설탕에 잰 씀바귀를 먹듯이 모순되는 감정이 널을 뛰겠지만, 지금은 이해하기 쉬운 평화가 소중했다.

다음 날 큰댁에 다녀와서 어머니는 늘 그렇듯 기분이 좋지 않았고 아버지는 무덤덤했다. 나는 방에 들어가 이어폰을 끼고 핸드폰을 들여다보았다. 돈만 있으면 모든 문제가 해결되는데 돈이 해결 안 된다는 글을 리트윗하고, 꿀벌 모양의 가방을 멘 강아지 사진을 한참 들여다보다가 커뮤니티에 들어갔다. 예전에 덕질했던 배우가 성추행을 했다는 소식에 소리 없이 욕을 했다. 혜와 처음 같이 보러 간 뮤지컬을 공연한 배우였다. 이미 탈덕은 했지만 추억에 흙탕물을 끼얹어버렸다. 덕질도 맘대로 못 하겠구나. 찌뿌둥한 기분으로 다음 게시글을 눌렀다. 누군가 영어 노래를 추천하며 가사 일부를 해석해놓았다. 사랑만 하고 싶은데 뜻대로 되지가 않아.

방문이 열리고 어머니가 들어왔다. 내 옆에 앉은 어머니는 늘 그러듯 큰댁에서 있었던 일을 이야기하기 시작했다.

— 글쎄, 형님이 그러는 거야.

핸드폰 위로 눈물이 뚝 떨어졌다. 어머니가 놀랐다기보다 어이가 없다는 듯이 말했다.

— 너 왜 울어?

이미 헛된 기대를 품었다가 수없이 실망해보았다. 이번에도 어머니는 내 이야기를 캐묻는 시늉만 하다 곧 자기 이야기로 돌아갔다. 조에 비해 내가 겪는 비극은 흔하디흔하고 산개되어 있었다. 하나씩 짚어 말하면 평범한 일상으로 보인다는 점이 비극이었다. 차라리 혜를 만나지 않았다면 더 편했을지 모른다. 나는 달라졌는데 나를 제외한 모든 것들이 그대로였다. 서른이라는 섬에 얼마나 지쳐서 도달했던가. 유령이 되는 건 외로움에 대한 저항이 실패하는 과정이었다.

움켜쥔 손에 핸드폰이 잡혔다. 단단하고 매끄러운 겉면을 문질러 커뮤니티 앱을 열었다. 첨부된 링크를 누르자 허스키한 목소리가 속삭이듯이 노래했다. 귓가에 소곤대는 목소리가 따뜻해서 오랜만에 덕질을 하고 싶어졌다.

이어폰을 귀에서 빼자 노래가 스피커로 흘러나왔다. 어머니가 대번 얼굴을 찌푸렸지만 나는 볼륨을 올렸다. 노랫소리가 커지고 화를 내는 목소리는 소음이 되어 지워졌다. 어머니가 방을 나가고 나는 몸을 둥글게 말았다. 입 안에 짠맛이 감돌았다. 갯벌에서 뜀박질이라도 한 것처럼 피곤했다. 진통제를 먹듯이 목소리가 따뜻한 여자의 노래를 들었다. 생각보다 견딜 만한 고통이었다.

아침에 되도록 늦게 일어나고 싶었지만 어머니가 내버려두지 않았다. 아침을 먹어야 한다고 깨워서 결국 꾸물꾸물 일어났다. 반찬을 꺼내면서도 계속 눈치를 살폈다. 어머니는 명절 때면 늘 그랬듯 전찌개를 끓였다. 식사를 마치고 어머니는 약과와 밑반찬을 같이 종이백에 담아 주었다. 시나노 골드를 담아 왔던 종이백이었다. 손잡이를 들자 무게가 묵직했다. 작별 인사를 하려는데 입이 떨어지지 않았다. 나는 어머니가 무서웠다. 동시에 미안하기도 했다. 앞으로도 계속 그러겠지. 나는 어머니의 고통을 모른다.

— 고마워요. 잘 먹을게요.

새삼스럽다는 듯 어머니가 쳐다보았다. 관계는 가까워질수록 편협해지고 멀어질수록 공평해진다. 친절에 대한 보답은 그러므로 역시 친절뿐이었다. 나는 앞으로 이런 말들을 자주 하기로 마음먹었다. 당위가 희미해지자 어깨를 기울게 만드는 종이백의 무게가 한결 가벼웠다.

집에 도착해 어머니가 싸준 반찬을 냉장고에 넣어놓고 건조대를 접어 한쪽으로 치웠다. 요를 걷어낸 매트리스를 벽에 세워두었다. 대충 바구니에 쑤셔 넣었던 옷을 꺼내서 버릴 것과 입을 것으로 구분했다. 버릴 옷은 현관 옆에 쌓아두고 입을 옷은 세탁기에 돌렸다. 재활용 쓰레기는 빈 상자에, 일반 쓰레기는 종량제봉투에 담았다. 청소기를 세워 전원 버튼을 누르자 시끄러운 소리를 내며 먼지를 빨아들였다.

물걸레질을 세 번 하고 났더니 바닥 색깔이 달라 보였다. 싱크대 위에는 크로스백으로 옮기고 남은 소지품이 그대로 쌓여 있었다. 버릴 것과 쓸 것을 구분하던 중에 명함을 발견했다. 하늘색 바탕에 상단에는 흰색 로고가 박혀 있고, 하단에는 채도 낮은 주황색으로 연락처가 찍혀 있었다. 나는 곰곰이 생각한 끝에 핸드폰을 들어 전화를 걸었다.

— 차에 부딪힌 사람인데요.

두 달 전이라고 말하자 그는 겨우 기억했다.

— 무슨 일이시죠?

경계심이 잔뜩 묻어나는 목소리였다. 나는 명함을 집은 손을 멀리 뻗으며 물었다.

— 갑자기 죄송한데요. 너무 궁금해서요.

— 뭐가요?

— 명함 디자인이요.

— 디자인이요?

— 혹시 이거 바다인가요?

핸드폰 너머가 잠잠해졌다. 액정 화면의 통화 시간은

찬찬히 흘러가고 있었다. 잠시 후 그의 목소리가 다시 건너왔다.

—정말 그게 궁금했어요?

—처음에는 몰랐는데 지금 보니까…… 아닌가요?

—바다 맞아요. 다들 금방 알아보던데.

말투가 어딘지 혜와 닮았다. 명함을 직접 디자인한 사람인지도 모르겠다 싶어 웃음이 나왔다. 그가 마지막으로 물었다.

—어디 아프신 데는 없는 거죠?

—네, 괜찮아요. 감사합니다.

전화를 끊고 명함을 물끄러미 바라보다가 버릴 물건 위에 올려두었다. 세탁기가 다 돌아갔는지 보일러실에서 멜로디가 울렸다. 건조대에 빨래를 널면서 문득 약국을 그만둬야겠다고 생각했다. 플라워 약국을 처음 발견했을 때처럼 계기는 언제나 단순했다. 우연 같지만 필연이었고, 필연 같아도 우연이었다. 먼바다에서 거슬러 올라와 긴 여행을 마친 물방울이 빨래 위에 내려앉았다.

한동안 열지 않았던 노트북을 꺼내 전원을 연결해놓고 샤워를 했다. 머리를 말리고 나서 오랜만에 이력서를 작성했다. 빗방울 떨어지는 소리가 들리더니 이윽고 미지의 생물이 헤엄쳤다. 골목길을 뛰어가는 발걸음 소리라고 미루어 짐작하는 순간 그것은 조용히 숨이 끊기어 심해에 가라앉았다. 나는 빗소리를 들으며 밤이 깊도록 키보드를 두드렸다.

*

새로 온 전산원은 빈말로라도 일머리가 있다고 말하기 어려웠다. 배우는 속도가 느렸고 같은 실수를 반복했다. 게다가 인수인계를 하는 사흘 동안 매일 지각했다. 숨을 헐떡거리며 들어오는 사회 초년생에게 해줄 수 있는 충고를 떠올리다가 입을 닫았다. 이미 김 약사의 수다를 못 견디고 그만둔 전산원이 두 명이었다. 구슬림에 넘어가 제 사정을 털어놓았다가 식후에 씹는 껌 취급을 당하는 데에 치를 떨고 그만두는 일이 반복됐다. 처음 약국에 면접을 보러 왔을 때 전산원이 없었던 이유를 뒤늦게 이해했다. 세 명째에 이르러 간을 봐야겠구나 싶어 대충 설명했는데, 생각지도 못하게 가장 기대하지 않았던 사람이 남아 후임이 되었다.

— 약상자 정리는 끝났어?

— 이게 마지막이에요.

그만두겠다고 했을 때 김 약사는 잡지 않았다. 후임을 구할 때까지만 기다려달라고 했다. 조는 그날부터 간식을 사 오지 않았다. 유령에게서 받은 행운이 끝난 모양이었다.

마지막 약상자를 교체하고 조제실에서 나오자 구구단을 외울 줄 아는 어린 조카를 둔 남자가 매장에 있었다. 남자는 파스와 구강청정제와 장난감 달린 비타민을 들고 와 쭈뼛거리며 계산대 위에 내려놓았다. 연신 김 약사의 눈치를 보는 모습이 우스꽝스러웠지만, 언젠가 아이에게 빚진 장난감 달린 비타민을 대신 갚아줄지도 모를 일이었다.

새로 온 전산원이 먼저 퇴근하고 나는 식빵에 딸기잼을 발라 먹었다. 행복하게 웃는 개를 다시 보지 못한다고 생각하니 아쉬웠지만, 딸기잼은 제대로 단맛이 났다. 입에 묻은 부스러기를 털어내고 매장으로 돌아가 크로스백을 어깨에 멨다. 김 약사가 일당은 다음 주에 입금하겠다고 말했다. 나는 알았다고 대답하고 고개를 숙여 인사했다. 계산대를 지나 조의 자리에 이르러 잠시 멈춰 섰다.

— 먼저 갈게요.

복잡했던 조의 눈빛이 단순해졌다. 나는 크로스백의 끈을 잡아당겼다. 자동문을 지나 마지막으로 분홍색과 노란색 꽃 그림이 박혀 있는 간판을 돌아보았다.

영등포의 '영'은 원래 '꽃부리 영'이었다. 아름다운 풍경과 그윽한 풍류가 있다고 해서 붙은 한자였다. 예쁜 마을은 이윽고 신령이 머무는 마을이 되었다. '영등'은 바람을 관장하는 신령인 영등할머니가 내려온다는 영등날에서 유래했다. 언 땅이 녹고 생명이 움트기 시작하는 농한기의 마지막 명절이 영등날이었다. 신령이 머무는 마을은 다시 충신의 마을이 되었다. 멀리 왕성이 보이는 재가 있다고 해서 '길 영'을 쓰게 되었고 그것이 현재까지 이어졌다. 지금은 왕도 없고 재가 있던 자리에는 역이 들어섰다. 영등할머니에게 치성을 드리지 않고 굿도 하지 않았다. 과거의 풍경은 소멸하고 이름으로만 희미한 흔적을 남겼다.

소리 없이 간판의 글자를 읽어보았다. 도중에 혀끝이 입천장에 닿았다 떨어졌다. 언니의 이름도 말해보았다. 마지막에 입이 벌어졌다. 벌린 입으로 남은 숨을 내보냈다. 유령을 보는 약사의 이야기와 결별하는 순간 하나의 세상에서 제거되어 부재자가 되었다. 나는 계단을 내려가 기울어진 땅에 발을 디뎠다. 여름이 끝나려는지 바람이 제법 쌀쌀했다.

2장

0.1

사라진 0은 어디에 있을까?

*

면접을 보기로 했다. 거리는 조금 멀었지만 한 번에 가는 교통편이 있어 지원한 회사였다. 나는 버스에 타자마자 핸드폰을 꺼냈다. 정치와 사회 분야 기사들을 전부 훑어보고 댓글을 달거나 추천을 눌렀다. 인스타그램은 여전했지만 트위터는 평소보다 소란스러웠다. 커뮤니티에 들어가자 주말 집회에 같이 가자는 게시글이 올라와 있었다. 나는 참석하겠다는 댓글을 달고 하차 벨을 눌렀다.

버스에서 내려 면접을 보기로 한 건물에 들어갔다. 직원이 작은 방으로 안내했다. 하얀 테이블을 가운데 두고 양쪽으로 긴 의자가 놓여 있었다. 내가 첫 번째로 작은 방에 입장했다. 이어서 세미 정장을 입은 여자와 캐주얼 차림의 여자, 덩치가 큰 남자가 차례로 들어왔다. 업무에 대한 기본 지식을 묻는 설문지를 작성해서 제출하고 나자 면접관이 들어왔다. 면접관은 키가 작고 다부져 보이는 중년의 남자였다.

— 사람들에게 내가 쓰는 핸드폰을 추천한다면 어떻게 설명하시겠어요?

한 사람씩 돌아가며 가상의 대상을 향해 핸드폰을 추천했다. 중년의 남자가 몇 가지 질문을 던지고 면접 결과를 다음 주까지 알려주겠다고 말했다. 세미 정장을 입은 여자와 이야기를 나누다가 집으로 가는 방향이 비슷하다는 걸 알고 같은 버스를 타기로 했다. 사람이 적어 뒷좌석에 나란히 앉을 수 있었다. 면접을 보는 과정에서 나이를 밝혔기에 여자는 자연스럽게 나에게 언니, 라고 불렀다.

— 여기 다니실 거예요?

— 거리가 멀어서 생각 중이에요. 다른 데 이력서 넣은 데가 있어서 기다려볼까 싶기도 하고.

— 저는 거리는 괜찮은데 일이 너무 어려울 것 같아요.

— 콜센터에서 일하셨다고 했잖아요. 잘하실 것 같은데요.

— 아웃바운드는 제공되는 스크립트만 읽으면 되니까 오히려 쉬워요. 인바운드는 이것저것 대응해야 할 상황이 많아서 머리가 아프더라고요. 아웃바운드 일을 계속하고 싶은데 나이가 들면 그만두라고 눈치를 주니까요. 아예 시스템을 수정해서 젊은 애들이 아니면 적응할 수 없게 만들어요.

— 아직 서른도 안 됐잖아요.

— 먼저 있던 언니들이 그렇게 나가는 걸 많이 봤어요. 더 늦기 전에 다른 일을 찾고 싶은데 쉽지 않네요. 그냥 할 수 있을 때까지 콜센터 일을 계속할까 봐요.

오늘 처음 만난 사람에게 해줄 수 있는 조언은 많지 않았다. 그저 고개를 몇 번 끄덕였을 뿐인데 세미 정장을 입은 여자가 나를 빤히 쳐다보더니 말했다.

— 언니는 참 좋은 분 같아요.

면접관이 오기 전에 잡담을 나눌 때도 같은 말을 했었다. 그때는 단순히 인사치레였지만 이번에는 다른 의미를 내포하고 있었다. **관계를 맺고 싶다는, 외롭고 힘들다는, 의지하고 싶다는**…… 마모되고 소모되어 원형을 기억하기 어려운 마음의 헛헛함을 잘 알고 있기에 연민이 솟아올랐다. 반면 기울어진 관계는 지속하기 힘들다는 사실 또한 너무 잘 알고 있었다. 혜와 오래 만날 수 있었던 건 우연히 뮤지컬이라는 접점을 형성했기 때문이다. 나는 대답했다.

— 같이 일하면 좋았을 텐데…… 그럼 많이 친해졌을 것 같아요.

관계를 맺지 않고 살아갈 수는 없지만 어떤 관계를 맺을지는 선택 가능했다. 관계에도 미니멀리즘이 필요하다. 말속에 숨긴 거절의 뜻을 눈치 빠르게 알아채고 여자는 다른 질문을 했다.

— 주말에는 뭐 하세요?

— 집회에 참석하려고요.

— 집회요?

여자의 놀란 표정에서 거리감이 읽혔다.

— 가지 않을 수 없어서요.

나는 가볍게 웃고 화제를 돌렸다. 여자가 버스에서 내릴 때까지 소소한 잡담을 이어갔다. 가볍게 작별 인사를 나누는 것으로 짧은 인연이 끊어졌다. 나는 멀거니 창밖을 보았다. 보도블록에 관목을 따라 듬성듬성 돋아난 강아지풀이 세상을 향해 비죽 고개를 내밀고 있었다. 차창으로 들어오는 햇볕이 팔뚝을 짓눌렀다. 견딜 수밖에 없는 통증을 내버려둔 채 눈을 감았다. 오늘도 집에 들어가기 전에 단거를 찾아볼 셈이었다.

토요일은 아침부터 마음이 들떠 있었다. 나는 미리 주문해둔 LED 초와 휴대용 방석을 챙겨 집을 나섰다. 편의점에 들러 낱개 포장 된 미니 초콜릿과 이온 음료를 사서 크로스백에 넣고 지하철에 탔다. 약속한 장소에 닉네임으로 아는 이들이 모여들었다.

— 생각보다 사람이 많네요.

검은색 선글라스를 쓴 여자가 말했다. 도로에 차단막이 세워져 있고 그 안쪽으로 사람들이 열 지어 앉아 있었다.

— 어디서 피켓 나눠 주나 봐요. 우리도 받아 가요.

네일아트를 화려하게 한 여자가 말했다. 상아색 바탕에 금색 펄로 선을 긋고 경계를 따라 작은 큐빅을 붙였는데, 손가락을 움직일 때마다 샹들리에가 빛나는 것 같았다. 줄의 끝을 향해 죽 걸어가다가 피켓을 나누어 주는 곳을 발견해 저마다 한 장씩 챙겼다.

— 구호가 마음에 드는데요.

키가 큰 여자가 한 말에 휴대용 선풍기를 들고 있는 여자가 맞장구쳤다. 웅성거림 속에서 마주치는 사람들의 얼굴이 밝았다.

— 저만 울컥하는 거 아니죠?

다섯 살 아이를 시어머니에게 맡기고 나왔다는 여자가 말했다. 나는 뒤를 돌아보았다. 앞만 보고 걸을 때는 알 수 없었던 거리의 모습이 한눈에 들어왔다. 저마다의 이유로 뛰쳐나왔을 사람들이 피켓을 들어 올릴 때마다 도로가 한 가지 색으로 물들었다.

가끔 사진을 확대해볼 때가 있어. 점으로 존재하던 픽셀이 커다란 정사각형이 될 때까지 확대하면 사진은 전혀 다른 풍경으로 변해. 거친 사막은 부드러운 뺨이 되고, 시멘트 길의 물웅덩이는 잔잔한 호수가 되고, 시퍼런 곰팡이는 넓은 녹차밭이 되는 거야. 원본보다 흐릿하지만 덜 역겹고 덜 추해지지. 그걸 또 확대하면 마지막에 라벤더나 올리브처럼 한 가지 색만 남아. 어디선가 한 칸의 자리를 차지할 수밖에 없는 작은 픽셀이 모니터를 꽉 채우는 걸 보면 위안이 돼.

언젠가 혜가 들려준 이야기였다. 지금 눈에 비치는 풍경을 사진으로 찍어 확대하고 또 확대하면 과연 무슨 색이 남을까. 나는 무심코 혜를 찾았다. 여기 어딘가에 분명히 있을…… 혜를 다시 만난다고 하더라도 예전 같은 관계는 될 수 없었다. 혜와 함께한 시간은 서로 다른 궤도가 교차하는 찰나의 순간에 지나지 않는다는 사실을 이제는 분명하게 인지하고 있었다. 다만 그 어깨에 기대어 나란히 바라본,

터무니없이 아름다웠던 풍경만큼은 빛이 바랠 때까지 품고 싶었다.

— 여기 앉으면 되겠네요.

목소리가 허스키한 여자가 말했다. 나는 그들과 도로에 진입해 열 끝의 듬성듬성한 자리를 메웠다. 앞사람을 따라 구호를 외치다가 선창하는 사람이 없어 잠잠해졌을 때 가방에 캐릭터 인형을 매단 여자가 말했다.

— 이거 노래방보다 좋은데요.

나는 오랜만에 크게 웃었다. 사람들은 계속 모여들었다. 0은 다른 숫자 뒤에 채워 넣기만 하면 얼마든지 큰 수를 표기할 수 있다. 어쩌면 인도에서는 신의 무한한 능력을 표현하기 위해 0을 발명했는지도 모른다. 누군가 선창을 시작했다. 나도 피켓을 들어 올리며 소리쳤다. 함성에 묻히는 것 같아도 분명히 제대로 하나의 소리를 더하고 있었다.

노을이 깔리자 하나둘 촛불을 켜기 시작했다. 어스름이 짙어지면서 도로를 메운 불빛이 환하게 빛났다. 나는 사진을 찍어서 혜에게 보냈다. 기대하지 않았는데 답장이 돌아왔다.

왔네.

왔어.

파란색 문 너머에 몰티즈가 앉아 있던 가게에서 마지막으로 만나고 하나의 계절이 지났다. 이제는 완연한 가을이었다.

이쪽으로 올래?

일행이 있어서 안 될 것 같아.

나중에 밥이나 한번 먹자.

좋아.

나는 가방에서 미니 초콜릿을 꺼냈다. 같이 온 사람들에게 돌리고 있자니 다른 먹거리가 도착했다. 정성스럽게 포장한 쿠키와 사탕, 그리고 하트 모양이 들어간 백설기를 받았다. 입 안에 달콤한 맛이 고였을 때 또 메시지가 도착했다.

생일 축하해.

혜가 직접 디자인한 축하 카드였다. 올해도 만들었구나. 나한테 보낼까 말까 전전긍긍했을 모습이 눈에 선했다. 오래 간직하게 될 좋은 기억을 음미하며 나는 답장을 보냈다.

— 위키드 보셨어요?

가방에 캐릭터 인형을 매단 여자가 목소리가 허스키한 여자에게 물었다.

— 내한 공연 왔을 때 봤어요.

목소리가 허스키한 여자가 가방에 캐릭터 인형을 매단

여자에게 대답했다.

— 엘파바가 하늘로 올라가서 부르는 노래 있잖아요.

— 디파잉 그래비티.

— 중력에 맞서서.

동시에 노래 제목을 말하고 두 사람이 까르르 웃었다.

— 그 노래가 머릿속에 흘러요.

가방에 캐릭터 인형을 매단 여자의 말에 목소리가 허스키한 여자가 이해한다는 듯이 고개를 끄덕였다. 그들이 말한 뮤지컬을 나도 본 적이 있었다. 초록마녀 엘파바가 빗자루를 타고 하늘 높이 떠오른 순간 온몸에서 황금빛 광채가 폭발하듯 뿜어져 나왔다. 그래픽으로는 도무지 구현하기 어려울 것 같은 생생한 빛의 향연이었다. 긍정적인 경험은 반복하기 마련이다. 가방에 캐릭터 인형을 매단 여자도 목소리가 허스키한 여자도 다음 집회에서 또 만나리라는 예감이 들었다. 나는 노래를 흥얼거리며 픽셀의 바다를 눈에 담았다.

집회가 끝나고 집으로 가는 방향이 비슷한 사람들과 함께 지하철을 탔다. 소회를 나누다 보니 목적지까지 금방 도착했다. 연락처는 교환하지 않았다. 그들과 헤어져 지하철역을 나오자 빗방울이 떨어지고 있었다. 걸음을 빨리해 골목으로 들어갔다. 길 양쪽으로 낡은 상가 건물이 고개를 숙이듯 서 있었다. 드문드문 머리에 닿는 가랑비가 균류의 뿌리처럼 파고들었다. 발을 멈추자 흰색과 노란색 줄무늬의 과속방지턱 위에 서 있었다.

—아, 외롭다.

나는 가만히 서 있다가 손등을 허리에 댔다. 다른 한 손은 팔꿈치를 구부린 채 머리 위로 들어 올렸다. 뮤지컬에서 본 장면처럼 왼발을 옆으로 내디디고 오른발을 끌어당기는 식으로 스텝을 밟았다. 서툴지만 꿋꿋하게 길 끝으로 갔다가 반대편 끝으로 와서 빙글 한 바퀴 돌았다. 관중이 되어준 빗방울이 사방으로 흩어졌다. 동그란 가로등이 꺼지지 않아 스스로 막을 내렸다. 종종걸음 치자 발갛게 달아오른 그림자가 따라왔다.

*

김 약사가 메시지를 보냈다. 요즘 뭐 하냐고 묻는 말에 다른 일을 구했다고 했더니 답장이 없었다. 그만둔 알바생의 안부를 궁금해할 사람은 아니고, 아마도 전산원이 또 그만둬 대신할 사람을 찾는 게 아니었을까 짐작만 해보았다.

손님이 아닌 이에게 무례하기는 한결같았다.

새 직장은 플라워 약국보다 두 정거장 멀었다. 부모님에게는 약국에서 일했다는 말도, 두 달 만에 그만두고 이직했다는 말도 하지 않았다. 일과는 전혀 상관없는 강의를 신청한 사실도 알릴 생각이 없었다. 수학을 포기한 사람들을 위한 물리학. SNS에서 처음 보았을 때부터 관심이 있었지만 엄두를 못 내고 있다가 초보자 과정이 신설되었다는 소식에 눈을 딱 감고 신청했다. 오늘은 강의 첫날이다.

사무실에 들어가 자리에 앉자마자 이어폰부터 귀에 꽂았다. 추천 선곡으로 팝을 듣다가 내 음악 취향에 뉴에이지를 추가했다. 점심을 먹고 나서는 직장 동료들과 커피를 마셨다. 나를 언니라고 부르는 여자와 다음 주에 영화를 보러 가기로 했다. 그는 영화관 선택에 까다로운 편이었다. 이번에야말로 아이맥스와 디지털의 차이를 알게 될지도 몰랐다.

퇴근하고 건물을 나서자 건물풍이 불었다. 어제부터 부쩍 일교차가 커졌다. 어깨를 움츠리고 지하철역 앞 노점으로 향했다. 떡볶이를 주문해서 먹다가 김말이 튀김을 하나 추가했다. 분홍색 티셔츠를 입은 아주머니가 김말이를 기름에 넣으며 물었다.

— 반으로 잘라드려요?

— 네, 잘라주세요.

아주머니는 기름에서 건져낸 튀김을 잘라 떡볶이 그릇에 담아주었다. 이쑤시개로 어묵을 찍어 먹고 이어서 김말이 반쪽을 찍어 먹었다. 어묵 국물을 한 입 마시고 김말이 반쪽을 마저 먹었다. 떡볶이를 다 먹고 냅킨으로 입을 닦은 다음 지하철역으로 들어갔다. 마침 지하철이 바로 도착해 기다리지 않고 탈 수 있었다. 출입문 옆에 기대서서 핸드폰을 꺼냈다. 내일도 커뮤니티 사람들과 만날 약속을 잡아놓았다. 같이 나누어 먹을 간식도 이미 준비해뒀다.

한강을 건너는 다리 위에서 지하철 운행 속도가 서서히 느려졌다. 거의 멈추다시피 하자 웅성거림이 번지기 시작했다. 잠시 후 스피커에서 차장 목소리가 들려왔다.

— 지금 여의도에서는 불꽃 축제가 열리고 있습니다. 다리 위에서 조금이나마 구경하시라고 운행에 지장이 없는 정도로 서행하고 있으니 승객 여러분께서는 즐거운 시간 되시기 바랍니다.

시커먼 하늘에 섬광이 터졌다. 유리창에 희미하게 비친 사람들 입에서 탄성이 새 나왔다. 기도하는 자세로 핸드폰을 보던 남자가 고개를 들었다. 웃으며 수화를 하던 여자애들이 몸을 틀어 창밖을 보았다. 깍지를 낀 연인이 서로의 귀에 대고 뭔가를 속삭였다. 나는 손을 들어 유리창에 얹었다. 다시 섬광이 터지고 빨간색 불꽃이 꽃다발처럼 손에 가득 잡혔다가 흩어졌다. 뒤이어 파란색과 초록색 빛이 거품이 일어나듯 연이어 원을 그렸다. 하얗게 휘몰아치는 소용돌이를 헤치고 보라색 빛이 부채 모양으로 퍼졌다. 폭죽이 하나 터질 때마다 꽃이 피고 졌다. 치열하게 흔들리는 수면 위에 흩어진 빛이 일희일비하고 있었다.

지하철이 속도를 올리자 아쉬움이 가득한 한숨이 쏟아져 나왔다. 나는 유리창에서 손을 뗐다. 빛으로 물들었던 손가락이 그새 차가워졌다.

강의실은 지하철역에서 가까웠다. 먼저 도착한 사람들이 듬성듬성 앉아 있었다. 강의 시간이 되자 준비된 자리가 꽉 찼는데 대략 스무 명이 넘었다. 강사가 초등학교만 졸업하면 이해할 수 있다고 웃으며 말했지만 같이 웃는 사람은 많지 않았다. 강의는 힘에 대한 정의로 시작했다. 칠판에 수식을 적자 질문이 하나씩 튀어나왔다. **F와 m은 무엇의 약자인가요?** 강사는 아무리 사소한 질문이라도 친절하게 대답해주었다. **F는 Force, 힘의 약자입니다. m은 mass, 질량의 약자입니다.**

— 작용과 반작용은 두 개의 힘이 아닙니다. 크기가 같

고 방향은 반대인 하나의 힘이에요. 내가 벽을 미는 동시에 벽도 나를 밀지요. 내가 벽을 밀면 그다음에 벽이 나를 미는 것이 아니에요. 아무런 힘도 받지 않고 벽을 밀 수는 없어요. 현상을 설명하기 위해 작용과 반작용이라고 하자고 약속을 했지만 실제로는 분리할 수 없는 하나의 힘입니다.

내가 안다고 믿은 것들을 실은 잘 모른다는 것까지는 알았지만, 무엇을 배우고 있는지는 제대로 알 수 없었다.

— 한 번에 전부 이해하려고 욕심내지 마세요. 모르는 게 당연합니다. 일단 끝까지 가보는 거예요. 나중에 다시 보면 느낌이 다를 겁니다.

화이트보드에 그래프가 점차 늘어났다. 그래프와 수식을 옮겨 그리고 강사의 말을 하나라도 놓칠세라 부지런히 필기했다. 머리에 쥐가 나는 기분이었다. 최근에 누군가의 말을 이토록 집중해서 들은 적이 있나 싶었다. 강의가 끝났을 때는 두통과는 다른 기분 좋은 피로가 몰려왔다. 꼭 술에 취한 것도 같았고 흔들리는 배에 몸을 실은 것도 같았다. 집에 갈 채비를 하면서 그제야 같이 강의를 들은 사람들의 면면을 살필 수 있었다. 30대, 40대가 가장 많아 보였고 50대로 보이는 사람도 있었다. 양복을 입고 넥타이를 맨 사람도 있었고, 후드티를 입은 사람도 있었다. 부녀 사이로 짐작되는 남녀가 다정한 모습으로 문을 나섰다. 강의가 끝나면 뿔뿔이 흩어져 다시 만나지 않겠지만 비슷한 취향을 공유하는 동안은 더없이 가깝게 느껴질 이들이었다. 강의가 끝나면 또 무언가를 배워보고 싶었다.

지하철을 타고 가다 목적지를 지나쳤다. 한 정거장 차이라 집까지 걸어가기로 했다. 계단을 올라와 오른쪽에 아파트 단지를 두고 걸어가다가 구름다리를 만났다. 야트막한 경사인데도 숨이 찼다. 내리막길이 끝나는 곳에 횡단보도가 있었다. H자 엠블럼을 단 파란색 차에 부딪힌 뒤로 나는 무단횡단을 하지 않았다. 신호가 바뀌기를 기다리면서 간판을 훑었다. 부자공인중개사세탁할인점옷수선이삿짐화물김밥단체주문헤어이즈, 까지 읽었을 때 인기척을 느꼈다. 언제 왔는지 검은색 후드티를 입은 남자가 옆에 서 있었다. 그가 나를 힐끔 보더니 한 걸음 더 가까이 다가왔다.

—혹시 키보드…….

낙엽이 하나 떨어졌다. 우주의 법칙을 품고 거시적인 흐름 속에서 미시적인 도착점을 향해 내려앉았다. 중고거래자를 찾는 듯한 그에게 나는 고개를 저었다.

—아니요.

검은색 후드티를 입은 남자가 머쓱해하며 한 발자국 물

러나 핸드폰을 들여다보았다. 초록불이 켜지고 나는 횡단 보도를 건넜다. 눈에 익은 골목으로 꺾어 들어가자 다양한 외관의 빌라가 보였다. 악어 등가죽처럼 오톨도톨한 벽을 지나 편의점으로 향했다. 알바생이 단조로운 인사를 건넸다. 나는 몸을 녹이듯 한동안 진열대 앞을 서성였다.

집에 들어오자마자 맥주를 냉장고에 넣었다. 샤워를 하고 나와 집에서 가져온 멸치볶음을 상 위에 올렸다. 종이학의 먼지를 털어내고 상 맞은편 자리에 두었다. 종이학과 마주 앉아 냉장고에서 꺼낸 맥주를 홀짝거렸다. 고작 한 캔을 마셨을 뿐인데 졸음이 밀려왔다. 네모나게 재단된 불빛 속에 누워 얇은 이불을 끌어안았다. 귓가에 냉장고 돌아가는 소리가 고였다. 커다란 북을 두드리는 소리를 닮은 메아리가 조금씩 커지더니 방을 가득 채웠다. 웅 웅웅웅 웅 웅웅웅.

꿈속에서 차를 운전하고 있었다. 구불구불한 길을 올라가다가 중턱에 차를 세웠다. 희끄무레한 구름이 안개처럼 주위를 감싸고 있었다. 팔뚝에 와 닿는 물방울이 시원했다. 깊은 계곡 아래서부터 실을 꼬아 만든 것처럼 가느다란 수증기가 끊임없이 올라왔다. 등을 대고 누운 차의 보닛이 보송보송했다. 한껏 뻗은 손이 닿는 데가 없었다. 비는 끊임없이 내리고 산맥은 푸르게 젖었다. 분홍색으로 노란색으로 물든 빗방울이 파도치는 안개 속으로 낙화했다. 어디선가 미지의 생물이 부상하는 소리가 들렸다.

작가의 말

·

점과 점을 이으면 선이 된다.

선과 선이 만나면 점이 드러난다.

–

일곱 번째 직장을 다니던 중에 초고를 완성했습니다.

세계보건기구가 팬데믹을 선언하기 직전이었습니다.

사회적 거리 두기가 시행되었어도 주중 일과는 비슷했습니다. 이전보다 늘어난 배달 주문이 그나마 눈에 띄는 변화였습니다. 코로나19에 걸리지 않고 직장에 계속 다닐 수 있었기 때문입니다.

운이 좋았습니다.

사랑하는 사람을 만나고 싶은 욕구가 얼마나 강렬한지 알았습니다.

운이 좋았습니다.

퇴고하며 눈덩이처럼 불어나는 그리움과 불안에서 벗어나고는 했습니다.

저의 첫 번째 장편소설은 한 시기의 동반자로 기억될 듯합니다.

+

시리에게 물었습니다. “영 더하기 영은?”

시리가 대답했습니다. “영입니다.”

시리에게 물었습니다. “영 빼기 영은?”

시리가 대답했습니다. “영입니다.”

시리에게 물었습니다. “영 곱하기 영은?”

시리가 대답했습니다. “영입니다.”

시리에게 물었습니다. “영 나누기 영은?”

시리가 대답했습니다. “영 개의 쿠키를 영 명의 친구들과…… 어라. 일이 커져버렸네요.”

·

사람과 사람이 만나면 관계를 맺는다.

관계와 관계 속에 사람이 있다.

–

영에 어떤 숫자를 더하면 영은 사라지고 그 숫자만 남습니다. 영에 어떤 숫자를 곱하면 그 숫자를 영으로 바꿉니다. 아무리 많이 늘어놓아도 영은 영 외에 될 수 없습니다. 다른 숫자에 기댈 때 영은 우주의 단위가 될 수 있습니다.

그런 생각들을 해보았습니다.

이미 마침표를 찍은 글에 덧붙이는 말은 결국 마침표의 연장입니다. 마침표를 비집고 하고 싶은 말이 있었습니다.

깊이 읽어주시고 세심하게 조언해주신 김다인 편집자와 김건형 평론가께 감사드립니다.

초고부터 성실하게 읽어주었던 문우들 진, 은, 경, 임, 영과 영에게 감사합니다.

기댈 수 있는 어깨를 빌려준 친구 은과 ㅁㅅㅁ에게 그리움을 전합니다.

묵묵히 옆을 지켜준 부모님께 고개를 숙입니다. 존경하고 사랑합니다.

그리고 읽음으로써 이 글을 완성해줄 독자분들께 미리 감사드립니다.

+

시리에게 물었습니다. "팔육에?"
시리가 대답했습니다. "흠…… 그건 잘 모르겠습니다."

시리에게 물었습니다. "팔 곱하기 육은?"
시리가 대답했습니다. "사십팔입니다."

·

* 본문에 언급된 강의와 참고한 글은 다음과 같습니다.

강의 '어른의 수학', 과학과사람들 진행.

김장한, "의사 전문직의 발달: 약제상이 의사 된 사연", 〈오피니언뉴스〉, 2019년 9월 19일.